Sanctuaire

Cor Charron and Edith Wharton

Published by Cor Charron, 2023.

SANCTUAIRE

First edition. December 1, 2023.

ISBN: 979-8223793182

Written by Cor Charron and Edith Wharton.

Also by Cor Charron

La Veuve la plus riche
Si tu peux... Perd
Tu peu le repeter
Un Homme en Plus
L'homme qui s'est perdu
Hors de l'âbime du temps
Un Voyageur Dans Les Terres Spirituelles
Sanctuaire

Also by Edith Wharton

Sanctuaire

SANCTUAIRE

COR CHARRON AND EDITH WHARTON

Par Edith Wharton

**Traduit par
Cor Charron**

Préface

Lecteur,

C'est avec une considération toute particulière que je vous présente "Sanctuaire", l'adaptation française d'une œuvre majeure, "Sanctuary", façonnée par la plume émérite d'Edith Wharton. Cette entreprise découle de la parution originale de l'œuvre en 1902, une époque où les questionnements moraux et humains étaient empreints d'une intensité tout aussi captivante qu'aujourd'hui. Il convient de souligner que cette adaptation marque une première en langue de Molière, s'appuyant avec respect sur la substance de cette parution pionnière.

Edith Wharton, par sa maestria littéraire, transcende les époques en éclairant des dilemmes moraux intemporels, des questionnements qui conservent une pertinence indéniable de nos jours. À travers les pages de "Sanctuaire", l'autrice nous guide habilement dans un labyrinthe de considérations humaines universelles, créant une œuvre d'une profondeur dépassant les contingences temporelles.

La qualité distinctive d'Edith Wharton réside dans sa capacité à explorer les nuances des dilemmes moraux de manière à ce qu'ils puissent être appréhendés et interprétés au fil des générations. Son talent pour dépeindre des personnages confrontés à des choix complexes offre une méditation profonde sur la condition humaine et les conflits intérieurs persistants.

Au cœur de "Sanctuaire" réside un débat intemporel entre la nature et la culture, thème subtilement tissé dans l'intrigue par Wharton, invitant le lecteur à réfléchir sur les forces qui sculptent notre existence, tout en soulignant la permanence de ces questionnements à travers les âges.

Je tiens à exprimer ma reconnaissance pour le temps que vous consacrerez à la lecture de cette œuvre. J'espère sincèrement que cette adaptation a su capter l'essence de l'original tout en lui conférant une nouvelle accessibilité. Merci de vous plonger dans ce "Sanctuaire" franco-anglais, et je forme le vœu que nos routes se croiseront à nouveau au sein d'autres explorations littéraires. Bonne lecture.

PARTIE I

I

Il est rare que la jeunesse se permette de se sentir complètement heureuse : la sensation est trop souvent le résultat de la sélection et de l'élimination pour être à la portée de la prise de conscience émergente de la vie. Mais Kate Orme, pour une fois, s'était abandonnée au bonheur, le laissant imprégner chaque faculté comme une pluie de printemps qui pénètre une prairie en germination. Rien ne justifiait cette soudaine sensation de béatitude ; mais n'était-ce pas précisément cela qui la rendait si irrésistible, si écrasante ? Il n'y avait eu, au cours des deux derniers mois - depuis ses fiançailles avec Denis Peyton - aucune addition distincte à la somme de son bonheur, et aucune possibilité, aurait-elle affirmé, d'ajouter de manière perceptible à un total déjà incalculable. Intérieurement et extérieurement, les conditions de sa vie étaient inchangées ; mais alors que, auparavant, l'air avait été rempli d'ailes fugitives, elles semblaient maintenant s'arrêter au-dessus d'elle et elle pouvait se fier à leur abri.

De nombreuses influences s'étaient combinées pour construire le centre de paix méditative dans lequel elle se trouvait. Sa nature répondait aux vibrations les plus fines, et au début, sa joie d'aimer avait été trop grande pour ne pas entraîner une certaine confusion, un réajustement de tout le décor de la vie. Elle se trouvait dans un nouveau pays, où celui qui l'avait conduite-là était le moins capable d'être son guide. Il y avait des moments où elle sentait que le premier étranger dans la rue aurait pu interpréter son bonheur pour elle plus facilement que Denis. Puis, à mesure que son regard s'adaptait, que les lignes se fondaient les unes dans les autres, ouvrant des perspectives profondes sur de nouveaux horizons, elle commençait à prendre possession de son royaume, à avoir le sentiment réel d'y appartenir. Mais elle n'avait jamais ressenti auparavant qu'elle aussi lui appartenait ; et c'était ce sentiment qui venait maintenant compléter son bonheur, lui donner le sens sacré de la permanence.

Elle se leva de la table de travail où, liste en main, elle avait passé en revue les invitations de mariage, et se dirigea vers la fenêtre du salon.

Tout en elle semblait contribuer à cette rare harmonie de sentiments qui imposait une taxe à chaque sens. La grande fraîcheur de la pièce, son air traditionnellement spacieux de vie, sa vue sur les champs et les bois vers le lac couvert du doux éclat de septembre ; même le parfum des violettes tardives dans un verre sur la table de travail ; les masses rose-mauve d'hortensias en pots le long de la terrasse ; la chute, de temps en temps, d'une feuille à travers l'air immobile - tout, en quelque sorte, se mêlait dans la diffusion du bien-être qui les faisait pourtant paraître comme autant de scories sur son cours.

Le sourire de la jeune fille se prolongea à la vue d'une silhouette approchant des pentes inférieures au-dessus du lac. Le chemin était un raccourci depuis la propriété des Peyton, et elle savait que Denis apparaîtrait à peu près à cette heure-là. Son sourire, cependant, était prolongé non pas tant par son approche que par sa conscience de l'impossibilité de communiquer son humeur avec lui. Le sentiment ne la dérangeait pas. Elle ne pouvait pas imaginer partager ses humeurs les plus profondes avec quelqu'un, et le monde dans lequel elle vivait avec Denis était trop lumineux et spacieux pour permettre le moindre sentiment de contrainte. Son sourire était en réalité un hommage à cette franchise directe de sa part, qui était si souvent un refuge contre ses propres complexités.

Denis Peyton avait l'habitude d'être accueilli avec un sourire. On aurait pu lui pardonner de penser que les sourires étaient l'expression habituelle du visage humain ; et son estimation de la vie et de lui-même était nécessairement teintée par les termes cordiaux sur lesquels ils s'étaient toujours rencontrés. En fait, il avait trouvé la vie, dès le départ, une affaire particulièrement agréable, culminant de manière adéquate dans ses fiançailles avec la seule fille qu'il n'avait jamais souhaité épouser, et l'héritage, de son malheureux demi-frère, d'une fortune qui élargissait agréablement son horizon. Une telle combinaison de circonstances pourrait bien justifier qu'un jeune homme se croie d'une certaine importance dans l'univers ; et il semblait que le deuil que Denis portait encore pour le pauvre Arthur prêtait une nouvelle distinction à son allure quelque peu florissante.

Kate Orme n'était pas sans une perception amusée du point de vue futur de son mari. Cependant, elle pouvait le comprendre avec la tolérance qui permet l'élément inconscient dans tous nos jugements. Il n'y avait, par exemple, personne de plus sentimentalement humain que la mère de Denis, la deuxième Mme Peyton, une personne parfumée et argentée dont les soies lavande et le ton neutre exprimaient un esprit avec ses stores tirés vers tous les désagréments de la vie ; pourtant il était clair que Mme Peyton voyait une "dispensation" dans le fait que son beau-fils n'avait jamais épousé, et que sa mort avait permis à Denis, au bon moment, de passer élégamment à l'aisance financière. N'était-ce pas, après tout, un signe de bon sens de recevoir les dons des dieux dans cet esprit religieux, découvrant de nouvelles preuves de "conception" dans ce qui avait autrefois semblé le triste fait de l'inaccessibilité d'Arthur à la correction ? Mme Peyton, parfaitement consciente d'avoir fait de son "mieux" pour Arthur, aurait trouvé chrétien de ne pas se lamenter sur l'échec providentiel de ses efforts. Les déductions de Denis étaient, bien sûr, un peu moins directes que celles de sa mère. De plus, il avait été ami avec Arthur, et ses efforts pour maintenir le pauvre homme sur le droit chemin avaient été moins didactiques et plus spontanés. Leur résultat se lisait, sinon dans un changement du caractère d'Arthur, du moins dans la formulation révisée de son testament ; et le sens moral de Denis était agréablement renforcé par la découverte qu'il était très avantageux d'être un bon camarade.

Le sentiment de providentialité générale sur lequel Mme Peyton reposait avait en fait été confirmé par des événements qui réduisaient le deuil de Denis à un simple hommage de respect - car cela aurait été une moquerie de déplorer la disparition de quelqu'un qui avait laissé derrière lui une traînée aussi désagréable que le pauvre Arthur. Kate ne savait pas exactement ce qui s'était passé ; son père était convaincu que les jeunes filles ne devraient pas être admises à toute discussion ouverte sur la vie. Elle ne pouvait comprendre, à travers les silences et les évasions parmi lesquels elle se déplaçait, qu'une femme avait surgi - une femme qui était bien sûr "terrible", et dont la redoutabilité semblait inclure une sorte de revendication ombragée sur Arthur. Mais la revendication, quelle qu'elle fût, avait été rapidement discréditée. Toute la question avait disparu et la femme avec elle. Les stores étaient tirés de nouveau sur le côté laid des choses, et la vie reprenait sur l'hypothèse habituelle qu'un tel côté n'existait pas. Kate savait seulement qu'une obscurité avait traversé son ciel et l'avait laissé aussi dégager qu'auparavant.

Était-ce, peut-être, se demanda-t-elle maintenant, le soulèvement même du nuage - lointain, sans menace qu'il ait été - qui donnait une telle nouvelle sérénité à son ciel ? Il était horrible de penser que sa sécurité la plus profonde était un simple sentiment d'évasion - que le bonheur n'était rien de plus qu'un sursis. La perversité de telles idées était soulignée par l'approche de Peyton. Il avait le don de remettre les choses à leurs relations normales, de vous transporter au-dessus des abîmes de la vie à travers le tunnel fermé d'une gaieté incurieuse. Tout ce qui était agité et interrogatif chez la jeune fille se calmait en sa présence, et elle était contente de prendre son amour comme un don de grâce, qui commençait juste là où l'office de la raison se terminait. Elle était plus que jamais, aujourd'hui, dans cet état de charme abandonné. Plus que jamais, il semblait la note clé de l'accord entre elle et la vie, le centre d'une complicité délicieuse dans chaque circonstance environnante. On ne pouvait pas le regarder sans voir qu'il avait toujours un vent favorable dans ses voiles.

Il le portait vers elle, comme d'habitude, d'un pas rapide et confiant, qui cependant traînait un peu, remarqua-t-elle, lorsqu'il sortit de la hêtraie et traversa la pelouse. Il marchait comme s'il était fatigué. Elle avait prévu de l'attendre sur la terrasse, retenue par son inclination habituelle à traîner sur le seuil de ses plaisirs ; mais quelque chose la tirait vers lui, et elle descendit rapidement les marches et traversa la pelouse.

"Dénis, tu as l'air fatigué. J'avais peur qu'il se soit passé quelque chose."

Elle avait glissé sa main dans son bras, et tandis qu'ils avançaient, elle leva les yeux vers lui, frappée non pas tant par un nouveau regard sur son visage que par le fait que son approche n'y avait apporté aucun changement.

"Je suis plutôt fatigué. - Ton père est-il là ?"

"Papa ?" Elle le regarda avec surprise. "Il est parti en ville hier. Tu ne t'en souviens pas ?"

"Ah, bien sûr - j'avais oublié. Tu es seule, alors ?" Elle lâcha son bras et se tint devant lui. Il était maintenant très pâle, avec l'air creusé de fatigue physique extrême.

"Dénis, es-tu malade ? Quelque chose s'est-il passé ?"

Il esquissa un sourire. "Oui, mais tu n'as pas besoin d'avoir l'air si effrayée."

Elle prit une profonde inspiration rassurante. Lui était en sécurité, après tout ! Et tout le reste, un instant, semblait osciller en dessous du bord de son monde.

"Ta mère... ?" dit-elle alors, avec une nouvelle pointe de peur.

"Ce n'est pas ma mère." Ils étaient arrivés sur la terrasse, et il se dirigea vers la maison. "Rentrons à l'intérieur. Il y a une sacrée lumière ici dehors."

Il semblait trouver un soulagement dans l'obscurité fraîche du salon, où, après la clarté de la lumière de l'après-midi, leurs visages étaient presque indiscernables l'un pour l'autre. Elle s'assit, et il fit quelques pas.

"Ils doivent être envoyés demain, n'est-ce pas ?"

"Oui."

Il se retourna et se tint devant elle.

"C'est à propos de la femme", commença-t-il abruptement, "la femme qui prétendait être la femme d'Arthur."

Kate sursauta comme prise par une peur inavouée.

"Elle _était_ sa femme, alors ?"

Peyton fit un geste impatient de négation. "Si elle l'était, pourquoi n'a-t-elle pas prouvé cela ? Elle n'avait aucune preuve. Les tribunaux ont rejeté son appel."

"Eh bien, alors... ?"

"Eh bien, elle est morte." Il fit une pause, et les mots suivants vinrent difficilement. "Elle et l'enfant."

"L'enfant ? Il y avait un enfant ?"

"Oui."

Kate se leva puis s'effondra. Ce n'étaient pas des choses dont on parlait à de jeunes filles. Le sentiment confus d'horreur n'était rien comparé à ce premier tranchant de réalité.

"Et tous les deux sont morts ?"

"Oui."

"Comment le sais-tu ? Mon père a dit qu'elle était partie, qu'elle était retournée vers l'Ouest."

"C'est ce que nous pensions. Mais ce matin, nous l'avons trouvée."

"Trouvée ?"

Il fit un geste vers la fenêtre. "Là-bas - dans le lac."

"Tous les deux ?"

"Tous les deux."

Elle s'affaissa devant lui en frémissant, les yeux cachés, comme pour exclure la vision. "Elle s'est noyée ?"

"Oui."

"Oh, pauvre chose - pauvre chose !"

Ils firent une pause, les minutes creusant un abîme entre eux jusqu'à ce qu'il jette quelques mots sans rapport à travers le silence.

"L'un des jardiniers les a trouvés."

"Pauvre chose !"

"C'était assez horrible."

"Horrible - oh !" Elle s'était de nouveau retournée vers son pôle. "Pauvre Denis ! Tu n'étais pas là - tu n'as pas eu à.... ?"

"J'ai dû la voir." Elle ressentit un soulagement instantané dans sa voix. Il pouvait parler maintenant, pouvait étirer ses nerfs dans l'air chaud de sa sympathie. "J'ai dû l'identifier." Il se leva nerveusement et commença à parcourir la pièce. "Ça m'a coupé le souffle. Je - mon Dieu ! Je ne pouvais pas le prévoir, n'est-ce pas ?" Il s'arrêta devant elle avec des mains étendues en signe d'argument. "J'ai fait tout ce que je pouvais - ce n'est pas _ma_ faute, n'est-ce pas ?"

"Ta faute ? Denis !"

"Elle ne voulait pas prendre l'argent -" Il s'interrompit, arrêté par son regard éveillé.

"L'argent ? Quel argent ?" Son visage changea, se durcissant alors que le sien se détendait. "Lui avais-tu proposé de l'argent pour abandonner l'affaire ?"

Il la fixa un moment, puis dissipa l'implication d'un rire.

"Non, non ; après que l'affaire a été jugée contre elle. Elle semblait dans le besoin, et j'ai envoyé Hinton chez elle avec un chèque."

"Et elle l'a refusé ?"

"Oui."

"Qu'a-t-elle dit ?"

"Oh, je ne sais pas - la chose habituelle. Qu'elle voulait seulement prouver qu'elle était sa femme - pour le bien de l'enfant. Qu'elle n'avait jamais voulu son argent. Hinton a dit qu'elle était très calme - pas du tout excitée - mais elle a renvoyé le chèque."

Kate resta immobile, la tête baissée, les mains serrées autour de ses genoux. Elle ne regardait plus Peyton.

"Pourrait-il y avoir eu une erreur ?" demanda-t-elle lentement.

"Une erreur ?"

Elle releva la tête maintenant et fixa ses yeux sur les siens, avec une étrange insistance d'observation. "Pourraient-ils avoir été mariés ?"

"Les tribunaux ne le pensaient pas."

"Les tribunaux ont-ils pu se tromper ?"

Il se leva à nouveau et se jeta dans un autre fauteuil. "Bon Dieu, Kate ! Nous lui avons donné toutes les chances de prouver son cas - pourquoi ne l'a-t-elle pas fait ? Tu ne sais pas de quoi tu parles - de telles choses sont cachées aux jeunes filles. Pourquoi, chaque fois qu'un homme du genre d'Arthur meurt, de telles - de telles femmes surgissent. Il y a des avocats qui vivent de ces emplois - demande à ton père à ce sujet. Bien sûr, cette femme s'attendait à être achetée -"

"Mais si elle n'a pas pris ton argent ?"

"Elle s'attendait à une grosse somme, je veux dire, pour abandonner l'affaire. Quand elle a vu que nous avions l'intention de la combattre, elle a vu que c'était fini. Je suppose que c'était son dernier coup, et elle était désespérée ; nous ne savons pas combien de fois elle a pu traverser la même chose avant. Ce genre de femme essaie toujours de tirer de l'argent des héritiers de tout homme qui - qui a traîné avec elles."

Kate reçut cela en silence. Elle avait le sentiment de marcher le long d'un étroit rebord de conscience au-dessus d'une profondeur hallucinante dans laquelle elle n'osait pas regarder. Mais la profondeur l'attirait, et elle plongea un regard terrifié dedans.

"Le bébé - le bébé était celui d'Arthur ?"

Peyton haussa les épaules. "Encore une fois - comment pouvons-nous le dire ? Pourquoi, je ne suppose même pas que la femme elle-même - je souhaite au ciel que ton père soit là pour expliquer !"

Elle se leva et s'approcha de lui, posant ses mains sur ses épaules avec un geste presque maternel.

"Ne parlons pas de ça", dit-elle. "Tu as fait tout ce que tu pouvais. Pense à quel point tu as été réconfortant pour le pauvre Arthur."

Il laissa ses mains là où elle les avait posées, sans réponse ni résistance.

"J'ai essayé - j'ai essayé de le maintenir dans le droit chemin !"

"Nous le savons tous - tout le monde le sait. Et nous savons combien il était reconnaissant - quelle différence cela a fait pour lui à la fin. Ç'aurait été terrible de penser à sa mort là-bas seul."

Elle l'attira vers le bas sur un canapé et s'assit à ses côtés. Une profonde lassitude s'était emparée de lui, et la main qu'elle avait prise reposait inerte dans sa prise.

"C'était splendide de ta part de voyager jour et nuit comme tu l'as fait. Et puis cette semaine terrible avant sa mort ! Sans toi, il serait mort seul parmi des étrangers."

Il resta silencieux, la tête inclinée en avant, les yeux fixes. "Parmi des étrangers", répéta-t-il distraitement.

Elle leva les yeux, comme frappée par une pensée soudaine. "Cette pauvre femme - l'as-tu jamais vue pendant que tu étais là-bas ?"

Il retira sa main et fronça les sourcils comme s'il faisait un effort de mémoire.

"Je l'ai vue - oh oui, je l'ai vue." Il écarta les cheveux en désordre de son front et se leva. "Sortons," dit-il. "Ma tête est dans le brouillard. Je veux m'éloigner de tout ça."

Une vague de repentir la fit se lever.

"C'était de ma faute ! Je n'aurais pas dû poser autant de questions." Elle se tourna et sonna la cloche. "Je vais commander les poneys - nous aurons le temps pour une promenade avant le coucher du soleil."

II

Avec le coucher du soleil en plein visage, ils ont balayé l'air d'automne au parfum piquant à la vitesse la plus rapide des poneys de Kate. Elle avait confié les rênes à Peyton, et il avait tourné la tête des chevaux loin du lac, montant par des chemins boisés vers les pâturages élevés qui retenaient encore la lumière du soleil. Les chevaux étaient assez frais pour réclamer toute son attention, et il conduisit en silence, son profil lisse et blond tourné vers sa compagne, qui restait également silencieuse.

Kate Orme était plongée dans l'une de ces excursions mentales rapides qui la faisaient toujours sortir du chemin droit du réel dans des régions inexplorées de conjectures. Son examen de la vie avait toujours été marqué par la tendance à rechercher des relations ultimes, à étendre ses recherches jusqu'à la limite de son expérience imaginative. Mais jusqu'à présent, elle avait été comme une jeune captive élevée dans un palais sans fenêtres, dont les murs peints lui semblaient le monde réel. Maintenant, le palais avait été secoué jusqu'à sa base, et à travers une fissure dans les murs, elle regardait la vie. Pour le premier moment, tout était noir indistinct ; puis elle commença à détecter des formes vagues et des gestes confus dans les profondeurs. Il y avait des gens en bas là-bas, des hommes comme Denis, des filles comme elle-même - car sous la non-ressemblance, elle ressentait l'étrange parenté - tous luttant dans cet effroyable enchevêtrement d'obscurité morale, avec des mains agonisantes tendues pour être sauvées. Son cœur se rétracta de l'horreur de cela, puis, dans une passion de pitié, elle se retira au bord de l'abîme. Soudain, ses yeux se tournèrent vers Denis. Son visage était grave, mais moins troublé. Et les hommes savaient des choses comme ça ! Ils portaient cet abîme dans leurs poitrines et se promenaient en souriant, et s'asseyaient aux pieds de l'innocence. Est-ce que Denis - Denis même - pouvait-il être là-dedans ? Ah non ! Elle se souvenait de ce qu'il avait été pour le pauvre Arthur ; elle comprenait maintenant les allusions vagues à ce qu'il avait essayé de faire pour son frère. Il avait vu Arthur là-bas, dans cette obscurité enroulant, et s'était penché pour essayer de le tirer. Mais Arthur était trop profondément enfoncé, et ses bras étaient verrouillés avec d'autres bras - ils s'étaient traînés plus profondément, les pauvres âmes, comme des gens qui se battent ensemble dans les vagues en se noyant ! L'habitude de visualisation de Kate donnait une précision et une persistance détestables à l'image qu'elle avait évoquée - elle ne pouvait pas se débarrasser de la vision de formes angoissées luttant ensemble dans l'obscurité. L'horreur de cela lui prit la gorge - elle prit une inspiration étouffante et sentit les larmes sur son visage.

Peyton se tourna vers elle. Les chevaux grimpaient une colline, et son attention s'était détournée d'eux.

"Cela m'a fait du bien", commença-t-il ; mais en regardant, sa voix changea. "Kate ! Qu'est-ce que c'est ? Pourquoi pleures-tu ? Oh, pour l'amour de Dieu, ne le fais pas !" conclut-il, sa main se refermant sur son poignet.

Elle se stabilisa et leva les yeux vers lui.

"Je - je ne pouvais pas m'en empêcher", balbutia-t-elle, luttant dans la libération soudaine de sa compassion refoulée. "Il semble tellement terrible que nous devrions être si proches de cette horreur - que cela aurait pu être toi qui -"

"Moi qui - que veux-tu dire ?" éclata-t-il avec une sorte de violence qui semblait renouveler sa prise sur son poignet.

"Oh, tu ne vois pas ? Je me suis trouvée à m'exalter que toi et moi étions si loin d'elle - au-dessus d'elle - en sécurité en nous-mêmes et l'un envers l'autre - et puis l'autre sentiment est venu - le sentiment d'égoïsme, de passer de l'autre côté ; et j'ai essayé de réaliser que cela aurait pu être toi et moi qui - qui étions là-bas dans la nuit et le déluge -"

Peyton laissa le fouet tomber sur les flancs des poneys. "Sur mon âme", dit-il avec un rire, "tu dois avoir une belle opinion de nous deux."

Les mots tombèrent froidement sur l'éclat de son auto-immolation. Apprendrait-elle jamais à se rappeler que Denis était incapable d'ériger de telles pyrex hypothétiques ? Il pouvait être aussi vivant qu'elle aux exigences directes du devoir, mais de ses revendications imaginatives, il était inconsciemment robuste. La pensée apporta une saine réaction de reconnaissance.

"Ah, eh bien," dit-elle, le coucher de soleil se dilatant à travers ses larmes, "ne vois-tu pas que je peux supporter de penser à de telles choses seulement parce qu'elles sont impossibilités ? Il est facile de regarder par-dessus dans les profondeurs si l'on a un rempart sur lequel s'appuyer. Ce que je pitié le plus pauvre Arthur, c'est qu'au lieu que cette femme gît là, si affreusement morte, il aurait pu y avoir une fille comme moi, si exquisément vivante à cause de lui ; mais cela semble cruel, n'est-ce pas, de laisser ce qu'il n'était pas ajouté jamais si peu à la valeur de ce que tu es ? Pour laisser contribuer jamais si peu à mon bonheur par la différence qu'il y a entre vous deux ?"

Elle était consciente, en parlant, de s'éloigner encore une fois de sa portée, à travers des intrications de sensation nouvelles même pour ses susceptibilités exploratrices. Une littéralité heureuse lui permettait généralement de couper court à de tels labyrinthes et de la rejoindre en souriant de l'autre côté ; mais maintenant,

Elle devint étonnamment consciente qu'il avait été pris au milieu de son hypothèse.

"C'est la différence qui te fait t'occuper de moi, alors ?" éclata-t-il, avec une sorte de violence qui semblait renouveler sa prise sur son poignet.

"La différence ?"

Il fouetta à nouveau les poneys, si vivement qu'un murmure lui échappa, et il les arrêta, frémissants, avec un "halte" incohérent auquel leurs oreilles couchées protestaient.

"C'est parce que je suis moral et respectable, et tout ça, que tu m'aimes", continua-t-il ; "tu es - tu es tout simplement amoureuse de mes vertus. Tu ne pourrais pas imaginer t'en soucier si j'étais là-bas dans le fossé, comme tu dis, avec Arthur ?"

La question tomba dans un silence qui sembla s'approfondir soudainement en elle-même. Chaque pensée pendait retenue par le sens que quelque chose allait arriver : toute sa conscience devenait un vide pour le recevoir.

"Denis !" cria-t-elle.

Il se tourna vers elle presque sauvagement. "Je ne veux pas de ta pitié, tu sais", éclata-t-il. "Tu peux la garder pour Arthur. J'avais l'idée que les femmes aimaient les hommes pour eux-mêmes - à travers tout, je veux dire. Mais je ne volerais pas ton amour - je ne le veux pas sur de faux prétextes, tu comprends. Va regarder dans la vie des autres hommes, c'est tout ce que je te demande. J'y suis entré - c'était juste une affaire de tenir ma langue quand j'aurais dû parler - mais je - je - pour l'amour de Dieu, ne reste pas là à regarder ! Je suppose que tu as vu tout le long que je savais qu'il était marié à la femme."

III

La gouvernante lui rappelant que M. Orme serait à la maison le lendemain pour dîner, et lui demandant si elle pensait qu'il aimerait le chevreuil avec sauce au claret ou à la gelée, éveilla Kate à la première conscience de son environnement. Son père reviendrait le lendemain : il accorderait une minutieuse attention à la préparation du chevreuil, considérant que chaque détail affectant son confort ou sa commodité méritait évidemment une telle considération. Et si ce n'était pas le chevreuil, ce serait autre chose ; si ce n'était pas la gouvernante, ce serait M. Orme, chargé des résultats d'une conférence avec son agent, d'une réunion de comité à son club, ou de l'un des autres incidents qui, en lui arrivant, devenaient des événements. Kate se trouva prise dans l'inexorable continuité de la vie, se retrouva à contempler une scène de ruine éclairée par la récurrence ponctuelle de l'habitude, tout comme le regard calme de la nature éclaire le lendemain d'une tempête.

La vie suivait son cours, la traînant à sa suite. Elle ne pouvait ni freiner sa course ni s'en détacher pour se laisser tomber, oh, bénédiction, dans l'obscurité et la cessation. Elle devait continuer à avancer, secouée, brisée, mais vivante dans chaque fibre. Elle ne pouvait espérer qu'une courte pause, non pas par rapport à ses propres terreurs, mais par rapport à la pression des exigences extérieures : l'arrêt de midi, pendant lequel la victime est déliée tandis que ses tortionnaires se reposent de leurs efforts. Jusqu'au retour de son père, elle aurait la maison pour elle seule, et, une fois la question du chevreuil réglée, elle pourrait se livrer à de longues déambulations solitaires dans les pièces vides, et à des replis frissonnants sur son oreiller.

Son premier mouvement, une fois que la brume se dissipa de son esprit, fut celui, habituel, de chercher des relations ultimes. Elle voulait connaître le pire ; et pour elle, comme elle le comprit soudainement, le pire était le noyau de fatalité dans ce qui s'était passé. Elle recula devant sa propre manière de le formuler, et ce n'était même pas figurativement vrai qu'elle avait déjà ressenti, sous la foi en Denis, un doute tel que l'impliquait la perception. Mais c'était simplement parce que son imagination ne l'avait jamais soumise au test. Elle aimait s'exposer à des épreuves hypothétiques, mais d'une manière ou d'une autre, elle n'avait jamais emmené Denis avec elle dans ces aventures. Ce qu'elle voyait maintenant, c'était que, dans un monde d'étrangeté, il restait l'objet le moins étrange pour elle. Elle n'était pas dans le cas tragique de la fille qui voit soudain son amant démasqué. Aucun masque n'était tombé du visage de Denis : les nuances roses avaient simplement été levées des lampes, et elle le voyait pour la première fois dans une lumière sans atténuation.

Cette exposition n'altère pas les traits, mais elle met un vilain accent sur les lignes les plus charmantes, transformant le sourire en rictus, la courbe de la bienveillance en affaissement de mollesse. Et c'est précisément dans les lignes fléchissantes d'une extrême faiblesse que s'insinuait le contour gracieux de Denis. Dans la terrible conversation qui avait suivi son aveu, et où chaque mot jetait une lumière crue sur ses processus moraux, elle avait été moins troublée par ce qu'il avait fait que par la manière dont sa conscience était déjà devenue une surface passive pour la canalisation des conséquences. Il était comme un enfant qui aurait mis le feu aux rideaux et qui reste bouche bée devant les flammes. C'était horriblement méchant de mettre le feu, mais au-delà de cela, la responsabilité de l'enfant ne s'étendait pas. Dans cette affaire d'Arthur, où tout avait été faux dès le départ, où la légitime défense aurait pu trouver un prétexte pour ses casuistiques en l'absence d'un droit défini à mesurer, il avait été facile, après la première défaillance, de tomber un peu plus bas à chaque lutte. La femme - oh, la femme était - eh bien, du genre qui se nourrit de tels hommes. Arthur, là-bas, à son plus bas niveau, avait dérivé vers elle comme un homme dérive vers l'alcool ou l'opium. Il savait ce qu'elle était - il su d'où elle venait. Mais il était tombé malade, et elle l'avait soigné - l'avait soigné dévouée, bien sûr. C'était sa chance, et elle le savait. Avant qu'il ne sorte de la fièvre, elle avait le nœud autour de lui - il s'était réveillé et s'était trouvé marié. De tels cas étaient assez courants - si l'homme se rétablissait, il achetait la femme et obtenait le divorce. C'était tout un pan du métier - le mariage, le pot-de-vin, le divorce. Certaines de ces femmes gagnaient gros avec ça - elles se mariaient et divorçaient une fois par an. Si Arthur s'était seulement rétabli - mais au lieu de cela, il avait une rechute et était mort. Et il y avait la femme, devenue sa veuve par accident, avec son enfant sur le bras - l'enfant de qui ? - et un avocat scélérat pour monter son affaire. Sa revendication était assez claire - le droit de douaire, un tiers de son patrimoine. Mais s'il n'avait jamais eu l'intention de l'épouser ? S'il avait été piégé aussi manifestement qu'un rustre dépouillé dans un tripot ? Arthur, dans ses dernières heures, avait avoué le mariage, mais avait également reconnu sa folie. Et après sa mort, lorsque Denis était venu faire des recherches, il avait découvert que les témoins, s'il y en avait eu, étaient dispersés et introuvables. Toute la question reposait sur la déclaration d'Arthur à son frère. Supprimez cette déclaration, et la revendication disparaissait, avec elle le

Scandale, l'humiliation, le fardeau de toute une vie pour la femme et l'enfant traînant le nom de Peyton dans les profondeurs que seul le ciel connaissait. Il y avait pensé d'abord, jura Denis, plutôt qu'à l'argent. L'argent, bien sûr, avait fait une différence - il était trop honnête pour ne pas le reconnaître - mais ce n'est qu'après coup, déclara-t-il, aurait déclaré sur son honneur, mais le mot le trahit et lui fit monter un rouge au front.

Ainsi, en phrases hachées, il lança sa défense vers elle : une défense improvisée, assemblée au fur et à mesure qu'il avançait, pour masquer le caractère instinctif et rudimentaire de son acte. Car avec une clarté croissante, Kate vit, en écoutant, qu'il n'y avait pas eu de véritable lutte dans son esprit ; que, sans la logique implacable du hasard, il n'aurait peut-être jamais ressenti le besoin de se justifier. Si la femme, à la manière de ces chasseresses frustrées, s'était éloignée à la recherche d'une nouvelle proie, il aurait pu, tout à fait sincèrement, se féliciter d'avoir préservé un nom décent et une fortune honnête de ses griffes. Ce n'est que le prix qu'elle avait payé pour établir sa revendication qui, pour la première fois, l'amena à percevoir son bien-fondé. Sa conscience ne répondait qu'à la pression concrète des faits.

C'est avec l'angoisse de cette découverte que Kate Orme s'enferma à la fin de leur conversation. Comment la conversation s'était terminée, comment elle l'avait finalement sorti de la pièce et de la maison, elle s'en souvenait mais de manière confuse. La tragédie de la mort de la femme, et de sa propre part dedans, étaient négligeables par rapport au désastre de son éclatante irréductibilité. Une fois, quand elle avait crié, "Tu m'aurais épousée et tu n'aurais rien dit," et qu'il avait gémi en retour, "Mais je t'ai dit", elle se sentit comme un dresseur avec un fouet au-dessus d'un animal désorienté.

Mais elle persista sauvagement. "Tu me l'as dit parce que tu étais obligé ; parce que tes nerfs ont cédé ; parce que tu savais que ça ne pouvait pas te faire de mal de le dire." L'appel perplexe de son regard l'avait presque arrêtée. "Tu me l'as dit parce que c'était un soulagement ; mais rien ne te soulagera vraiment - rien ne t'aidera vraiment - jusqu'à ce que tu l'aies dit à quelqu'un qui - qui te fera mal."

"Qui me fera mal - ?"

"Jusqu'à ce que tu confesses, alors - publiquement - ouvertement - tu dois aller voir le juge. Je ne sais pas comment on fait."

"Voir le juge ? Quand ils sont tous les deux morts ? Quand tout est terminé ? À quoi cela servirait-il ?" gémit-il.

"Tout n'est pas terminé pour toi - tout ne fait que commencer. Tu dois te libérer de cette culpabilité ; et il n'y a qu'un moyen - la confesser. Et tu dois rendre l'argent."

Cela lui sembla être une preuve concluante de son absence de pertinence. "Je souhaite n'avoir jamais entendu parler de cet argent ! Mais à qui voudrais-tu que je le rende ? Je te dis qu'elle était une gamine des bas-fonds. Je ne crois pas que quiconque connaissait son vrai nom - je ne crois pas qu'elle en avait un."

"Elle devait avoir une mère et un père."

"Dois-je consacrer ma vie à les chercher dans les taudis de Californie ? Et comment saurai-je quand je les aurai trouvés ? Il est impossible de te faire comprendre. J'ai mal agi - j'ai mal agi horriblement - mais ce n'est pas ainsi qu'il faut réparer."

"Quelle est la manière, alors ?"

Il fit une pause, un peu en retrait devant la question. "Faire mieux - faire de mon mieux", dit-il, avec une soudaine fermeté. "Tirer une leçon de cette terrible -"

"Oh, tais-toi", cria-t-elle, et cacha son visage. Il la regarda désespérément.

Enfin, il dit : "Je ne sais pas à quoi cela sert de continuer à parler. Il me reste une seule chose à dire. Bien sûr, tu sais que tu es libre."

Il parla simplement, avec un retour soudain à sa voix et à son accent habituel, auquel elle fléchit comme sous une caresse. Elle releva la tête et le regarda. "Suis-je libre ?" dit-elle en méditant.

"Kate !" éclata-t-il, mais elle le fit taire d'un geste.

"Il me semble," dit-elle, "que je suis emprisonnée, emprisonnée avec toi dans cette chose horrible. D'abord, je dois t'aider à t'en sortir, ensuite il sera temps de penser à moi."

Son visage s'assombrit et il balbutia : "Je ne te comprends pas."

"Je ne peux pas dire ce que je ferai, ou comment je me sentirai, tant que je ne saurai pas ce que tu vas faire et ressentir."

"Tu dois voir combien je me sens - à moitié mort à cause de cela."

"Oui, mais ce n'est que la moitié."

Il réfléchit à cela pendant un certain temps avant de demander lentement : "Tu veux dire que tu me quitteras si je ne fais pas cette folie que tu proposes ?"

Elle fit une pause à son tour. "Non," dit-elle, "je ne veux pas te soudoyer. Tu dois ressentir le besoin toi-même."

"Le besoin de proclamer cette chose publiquement ?"

"Oui."

Il resta là à fixer devant lui. "Bien sûr, tu réalises ce que cela signifierait ?" commença-t-il finalement.

"Pour toi ?" elle répondit.

"Je mets cela de côté. Pour les autres - pour toi. J'irais en prison."

"Je suppose," dit-elle simplement.

"Tu sembles prendre cela très facilement - j'ai peur que ma mère ne le ferait pas."

"Ta mère ?" Cela produisit l'effet qu'il attendait.

"Tu n'y avais pas pensé, je suppose ? Cela la tuerait probablement."

"Cela l'aurait tuée de penser que tu pouvais faire ce que tu as fait !"

"Cela l'aurait rendue très malheureuse, mais il y a une différence."

Oui : il y avait une différence ; une différence que aucune rhétorique ne pouvait dissimuler. Le péché secret aurait rendu Mme Peyton misérable, mais ne l'aurait pas tuée. Et elle aurait adopté précisément le point de vue de Denis sur l'élasticité de l'expiation : elle aurait accepté les regrets privés comme l'équivalent distingué de l'expiation ouverte. Kate pouvait même l'imaginer tirant une "leçon" du fait providentiel que son fils n'avait pas été découvert.

"Tu vois, ce n'est pas si simple," éclata-t-il, avec une teinte de triomphe douloureux.

"Non, ce n'est pas simple," acquiesça-t-elle.

"Il faut penser aux autres," continua-t-il, reprenant foi en son argument en la voyant réduite à l'acquiescement.

Elle ne répondit pas, et après un moment, il se leva pour partir. Jusqu'à présent, en rétrospective, elle pouvait suivre le cours de leur conversation ; mais quand, dans l'acte de se séparer, l'argument se transforma en supplication, et la renonciation en appel passionné pour qu'elle lui accorde au moins une autre audience, sa mémoire se perdit dans un tumulte de douleur, et elle ne se rappela que, lorsque la porte se referma sur lui, il emporta avec lui sa promesse de le revoir une fois de plus.

IV

Elle avait promis de le revoir, mais la promesse n'impliquait pas qu'elle avait rejeté son offre de liberté. Dans la première vague de misère, elle ne s'était pas entièrement retrouvée, se sentait prise dans son destin par une centaine de liens d'association et d'habitude. Mais après une nuit sans sommeil passée avec la pensée de lui, cette effroyable union de leurs âmes, elle se réveilla à un lendemain où il n'avait aucune part. Elle n'avait pas recherché sa liberté, et il ne l'avait pas donnée, mais un abîme s'était ouvert à leurs pieds, et ils se trouvaient de part et d'autre.

Maintenant, elle pouvait examiner le désastre depuis l'amère position de son indépendance. Elle pouvait même tirer un réconfort du fait qu'elle avait cessé d'aimer Denis. Il était inconcevable qu'une émotion si entrelacée avec chaque fibre de sa conscience puisse cesser aussi soudainement que le flux de sève dans une plante déracinée, mais elle ne s'était jamais laissé tromper par la phraséologie courante du sentiment, et il n'y avait pas de vérité pour la protéger.

C'était probablement parce qu'elle avait cessé de l'aimer qu'elle pût envisager de le revoir avec une sorte de calme macabre. Elle avait stipulé, bien sûr, que le mariage devait être repoussé, mais elle n'avait posé aucune autre condition au-delà de demander deux jours pour elle-même, deux jours pendant lesquels il ne devait même pas écrire. Elle voulait se cloîtrer avec sa misère, s'y habituer comme elle s'était habituée au bonheur. Mais l'isolement réel était impossible : les réactions subtiles de la vie commencèrent presque immédiatement à détruire ses défenses. Elle ne pouvait pas plus garder sa détresse pour elle-même que toute autre émotion : toutes les vies autour d'elle étaient autant de facteurs inconscients dans ses sensations.

Elle essaya de se concentrer sur la pensée de comment elle pouvait mieux aider le pauvre Denis ; car l'amour, en s'estompant, avait révélé une profondeur de pitié insoupçonnée. Mais elle trouva de plus en plus difficile de considérer sa situation sous la lumière abstraite du bien et du mal. L'expiation ouverte semblait toujours être la seule voie possible de guérison ; mais elle essaya en vain de penser que Mrs. Peyton prendrait une telle vue. Pourtant, Mrs. Peyton devrait au moins savoir ce qui s'était passé : n'était-ce pas, en dernier ressort, elle qui devrait se prononcer sur le cours de son fils ? Pendant un moment, Kate fut fascinée par cette évitement de responsabilité ; elle avait presque décidé de dire à Denis qu'il devait commencer par tout avouer à sa mère. Mais presque aussitôt, elle commença à reculer devant les conséquences. Il n'y avait rien qu'elle redoutait autant pour lui que quelqu'un prenant légèrement son acte : transformant son irréversibilité en excuse. Et c'est ce que Mrs. Peyton ferait, elle le prévoyait. La première explosion de misère passée, elle envelopperait toute la situation dans une brume d'opportunisme. Présentée au tribunal du jugement de Kate, elle se révéla incapable d'une action plus élevée.

La conception de Kate à son égard était encore sous l'accusation lorsque la véritable Mrs. Peyton fit son entrée. C'était l'après-midi du deuxième jour, comme le formulait la jeune fille dans la recréation lugubre de son univers. Elle avait tellement pensé à Mrs. Peyton que la présence argentée et insubstantielle de la dame semblait à peine plus qu'une projection de la pensée ; mais alors que Kate se ressaisissait et reprenait contact avec le monde extérieur, sa préoccupation céda la place à la surprise. Il était inhabituel que Mrs. Peyton fasse des visites. Pendant des années, elle était restée installée dans une semi-invalidité qui interdisait l'effort tout en ne proscrivant pas la diversion ; et la jeune fille devina immédiatement un but spécial dans sa venue.

Les traditions de Mrs. Peyton n'auraient pas permis de méthode directe d'attaque ; et Kate dut traverser le prélude habituel d'exclamation et d'anecdote. Cependant, la voix de la dame plus âgée prit bientôt de l'importance, et posant sa main sur celle de Kate, elle murmura : "Je suis venue vous parler de cette triste affaire."

Kate commença à trembler. Était-il possible que Denis ait finalement parlé ? Un espoir grandissant stoppa sa parole, et elle comprit d'un coup qu'il lui incombait toujours de reconquérir son emprise sur elle. Mais Mrs. Peyton continua délicatement : "Cela a été un grand choc pour mon pauvre garçon. Être confronté au passé d'Arthur était en soi inexprimablement douloureux ; mais cette dernière affaire affreuse, cet acte méchant de cette femme..."

"Méchant ?" s'écria Kate.

Le regard doux de Mrs. Peyton la réprimanda. "Ne nous enseigne-t-on pas à travers la religion que le suicide est un péché ? Et tuer son enfant ! Je ne devrais pas vous parler de telles choses, ma chère. Personne n'a jamais mentionné quelque chose d'aussi horrible en ma présence : mon cher mari avait l'habitude de me protéger si soigneusement de la face douloureuse de la vie. Là où il y a tant de beauté sur laquelle méditer, nous devrions essayer d'ignorer l'existence de telles horreurs. Mais de nos jours, tout est dans les journaux ; et Denis m'a dit qu'il pensait qu'il valait mieux que vous entendiez la nouvelle d'abord de lui."

Kate acquiesça sans parler.

"Il a ressenti à quel point c'était _affreux_ de devoir vous le dire. Mais je lui dis qu'il prend une vue morbide de l'affaire. Bien sûr, on est choqué par le crime de la femme, mais, si l'on regarde un peu plus profondément, comment peut-on ne pas voir que cela aurait pu être conçu comme le moyen de sauver cet enfant pauvre d'une vie de vice et de misère ? C'est la vue que je veux que Denis adopte : je veux qu'il voie comment toutes les difficultés de la vie disparaissent quand on a appris à chercher un dessein divin dans les souffrances humaines."

Mrs. Peyton fit une pause sur cette affirmation, comme un grimpeur expérimenté s'arrête pour être rattrapé par un compagnon moins agile ; mais bientôt elle se rendit compte que Kate était toujours bien en dessous d'elle et peut-être avait besoin d'une incitation plus forte à l'ascension.

"Ma chère enfant", dit-elle adroitement, "j'ai dit tout à l'heure que j'étais désolée que vous ayez été obligée d'entendre parler de cette triste affaire ; mais après tout, c'est seulement vous qui pouvez en éviter les conséquences."

Kate retint un souffle impatient. "Ses conséquences ?" bégaya-t-elle.

La voix de Mrs. Peyton baissa solennellement. "Denis m'a tout dit", dit-elle.

"Tout ?"

"Que vous insistez pour reporter le mariage. Oh, ma chère, je vous en implore, réfléchissez à cela !"

Kate recula avec le sentiment d'être à nouveau entrée dans une région d'ombre de plomb. "Est-ce tout ce qu'il vous a dit ?"

Mrs. Peyton la contempla avec une raillerie archaïque. "Tout ? N'est-ce pas tout - pour lui ?"

"Est-ce qu'il vous a donné ma raison, je veux dire ?"

"Il a dit que vous ressentiez, après cette tragédie choquante, qu'il devrait, par décence, y avoir un délai ; et je comprends tout à fait ce sentiment. Il semble vraiment malheureux que la femme ait choisi ce moment particulier ! Mais vous découvrirez en vieillissant que la vie est pleine de telles tristes contrastes."

Kate sentait lentement se pétrifier sous la goutte chaude des platitudes de Mrs. Peyton.

"Il me semble," continua la dame plus âgée, "qu'il n'y a qu'un seul point à partir duquel nous devrions envisager la question, et c'est son effet sur Denis. Mais pour cela, nous devrions refuser de savoir quoi que ce soit à ce sujet. Mais cela a rendu mon garçon si malheureux. Le procès a été une épreuve cruelle pour lui, la notoriété affreuse, la révélation des infirmités du pauvre Arthur. Denis est aussi sensible qu'une femme ; c'est son raffinement inhabituel de sentiments qui le rend si digne d'être aimé par vous. Mais une telle sensibilité peut être poussée à l'excès. Il ne devrait pas laisser cet incident malheureux le ronger : cela montre un manque de confiance dans l'ordre divin des choses. C'est ce qui me préoccupe : sa foi en la vie a été ébranlée. Et—pardonnez-moi, ma chère enfant—vous me pardonnerez, je le sais—mais je ne peux m'empêcher de vous blâmer un peu—"

L'accent de Mrs. Peyton transforma l'accusation en une caresse, qui se prolongea dans une pression tremblante de la main de Kate.

La jeune fille la contempla avec stupéfaction. "Vous me blâmez _moi_—?"

"Ne soyez pas offensée, mon enfant. Je crains seulement que votre sympathie excessive pour Denis, votre propre délicatesse de sentiment, ne vous aient conduite à encourager ses idées morbides. Il me dit que vous étiez très choquée—comme vous le seriez naturellement—comme toute jeune fille le serait—je ne voudrais pas que vous soyez autrement, chère Kate ! C'est _beau_ que vous le ressentiez tous les deux ; très beau ; mais vous savez que la religion nous enseigne de ne pas céder trop à notre chagrin. Que les morts enterrent leurs morts ; les vivants se doivent les uns aux autres. Et que cette misérable femme avait-elle à voir avec l'un de vous deux ? C'est une malchance pour Denis d'avoir été lié de quelque manière que ce soit à un homme du caractère d'Arthur Peyton ; mais après tout, le pauvre Arthur a tout fait pour expier la disgrâce qu'il nous a infligée en faisant de Denis son héritier—et je suis sûre que je n'ai aucun désir de remettre en question les décrets de la Providence." Mrs. Peyton fit une pause de nouveau, puis absorba doucement les deux mains de Kate. "Pour ma part", poursuivit-elle, "je vois en cela une autre instance de la belle ordonnance des événements. Juste après que l'héritage cher de Denis ait levé le dernier obstacle à votre mariage, cet incident triste vient montrer à quel point il a désespérément besoin de vous, combien il serait cruel de lui demander de différer son bonheur."

Elle s'interrompit, secouée hors de sa placidité habituelle par le retrait brusque des mains de la jeune fille. Kate restait assise, immobile, mais aucune réponse ne venait à ses lèvres.

Finalement, Mrs. Peyton reprit, rassemblant ses draperies autour d'elle avec une tentative hésitante de prendre congé : "Puis-je rentrer chez moi et lui dire que vous ne reporterez pas le mariage ?"

Kate restait toujours silencieuse, et sa visiteuse la regarda avec la surprise douce d'un avocat peu habitué à plaider en vain.

"Si votre silence signifie un refus, ma chère, je pense que vous devriez réaliser la responsabilité que vous assumez." La voix de Mrs. Peyton avait pris une nuance d'aspérités vertueuse. "Si Denis a un défaut, c'est qu'il est trop doux, trop conciliant, trop facilement influencé par ceux qu'il aime. Votre influence est primordiale pour lui maintenant, mais si vous vous détournez de lui justement quand il a besoin de votre aide, qui peut dire quel en sera le résultat ?"

L'argument, bien qu'exprimé de manière impressionnante, n'était guère de nature à convaincre son interlocutrice ; mais c'était peut-être pour cette même raison qu'elle y répondit soudainement et de manière inattendue en s'affaissant dans son siège avec un éclat de larmes. Cependant, pour Mrs. Peyton, les larmes étaient le signal de la reddition, et, à côté de Kate en un instant, elle se hâta de tempérer son triomphe par de la magnanimité.

"Ne pensez pas que je ne partage pas votre douleur ; mais nous devons tous les deux nous oublier pour le bien de notre garçon. Je lui ai dit que je reviendrais avec votre promesse."

Le bras qu'elle avait glissé autour de l'épaule de Kate retomba avec le sursaut de la jeune fille. Kate avait vu en un éclair comment on tirerait parti de son émotion.

"Non, non, vous me comprenez mal. Je ne peux faire aucune promesse," déclara-t-elle.

La dame plus âgée resta un moment indécise ; puis elle replaça son bras sur l'épaule d'où il avait été si brusquement déplacé.

"Ma chère enfant", dit-elle d'un ton de tendre confiance, "si je vous ai mal comprise, ne devriez-vous pas me l'expliquer ? Vous m'avez demandé tout à l'heure si Denis m'avait donné votre raison pour ce report étrange. Il m'en a donné une, mais elle semble à peine suffisante pour expliquer votre conduite. S'il y en a une autre, - et je vous connais suffisamment pour être sûre qu'il y en a une, - ne me ferez-vous pas confiance avec ? Si mon garçon a eu le malheur de vous déplaire, ne donnerez-vous pas à sa mère la chance de plaider sa cause ? Rappelez-vous, personne ne devrait être condamné sans être entendu. En tant que mère de Denis, j'ai le droit de demander votre raison."

"Ma raison ? Ma raison ?" balbutia Kate, haletante d'épuisement dans la lutte. Oh, si seulement Mrs. Peyton voulait la libérer ! "Si vous avez le droit de la connaître, pourquoi ne vous la dit-il pas ?" s'écria-t-elle.

Mrs. Peyton se leva, frémissante. "Je vais rentrer chez moi et lui demander", dit-elle. "Je lui dirai qu'il avait votre permission de parler."

Elle se dirigea vers la porte, avec la hâte nerveuse d'une personne peu habituée à l'action décisive. Mais Kate bondit devant elle.

"Non, non ; ne lui demandez pas ! Je vous implore de ne pas lui demander", cria-t-elle.

Mrs. Peyton se tourna vers elle avec soudaineté d'autorité, dans sa voix et dans son geste. "Est-ce que je vous comprends bien ?" dit-elle. "Vous admettez avoir une raison de reporter votre mariage, et pourtant vous m'interdisez - à moi, la mère de Denis - de lui demander ce que c'est ? Ma pauvre enfant, je n'ai pas besoin de le demander, car je sais déjà. Si vous l'avez offensé et que vous lui refusiez la chance de se défendre, je n'ai pas besoin de chercher plus loin votre raison : c'est simplement que vous avez cessé de l'aimer."

Kate recula de la porte qu'elle avait instinctivement barricadée.

"Peut-être que c'est ça", murmura-t-elle, laissant passer Mrs. Peyton.

* * * * * * * * * * * * *

Les roues de la voiture qui ramenait M. Orme croisèrent la fuite indignée

De Mme Peyton ; et une heure plus tard, Kate, à la lueur calme des bougies au dîner, s'assit en écoutant avec une fortitude exercée les commentaires de son père sur la venaison. Elle s'était demandée, en l'attendant dans le salon, s'il remarquerait un changement dans son apparence. Il lui semblait que la flagellation de ses pensées devait laisser des traces visibles. Mais M. Orme n'était pas un homme de perceptions subtiles, sauf lorsque son confort personnel était en jeu : bien que son égoïsme fût revêtu des antennes les plus fines, il ne soupçonnait pas une surface similaire chez les autres. Sa fille, en tant que partie de lui-même, entrait dans la plage normale de sa sollicitude ; mais elle était une région périphérique, une province éloignée ; et la politique de M. Orme était hautement centralisée. La nouvelle de l'incident douloureux - il utilisait souvent le vocabulaire de Mme Peyton - lui était parvenue à son club et avait perturbé dans une certaine mesure l'assimilation d'un petit-déjeuner soigneusement ordonné ; mais depuis lors, deux jours s'étaient écoulés, et il ne fallait pas à M. Orme quarante-huit heures pour se résigner aux malheurs des autres. C'était tout très dégoûtant, bien sûr, et il aurait souhaité que cela ne soit pas arrivé à quelqu'un sur le point d'être lié à lui ; mais il le considérait avec l'irritation transitoire d'un gentleman qui a été éclaboussé par la boue d'une course folle.

M. Orme affectait, dans de telles circonstances, un stoïcisme franc et cœur de vaillant, aussi éloigné que possible de l'évitement dépréciateur des faits de Mme Peyton. C'était une sale affaire ; il était désolé que Kate ait été mêlée à cela ; mais elle serait bientôt mariée maintenant, et alors elle verrait que la vie n'était pas exactement une histoire de l'école du dimanche. Tout le monde était exposé à de tels accidents désagréables : il se rappelait un cas dans leur propre famille - oh, un cousin éloigné dont Kate n'aurait pas entendu parler - un pauvre diable qui s'était embourbé avec une femme exactement comme ça, et qui ayant (ce qu'il y a de plus juste) été mis à la porte par son père, avait justifié le cours de ce dernier en forgeant promptement son nom – une affaire très dégoûtante dans l'ensemble ; mais heureusement le scandale avait été étouffé, la femme soudoyée, et le prodigue, après une période de probation, marié en toute sécurité à une gentille fille avec un bon revenu, à qui la famille avait dit que les médecins recommandaient qu'il s'installe en Californie.

Heureusement le scandale a été étouffé : la phrase ressortait contre le sombre fond du malheur de Kate. C'était sans doute ce que la plupart des gens ressentaient - les mots représentaient le consensus de l'opinion respectable. La meilleure façon de réparer une faute était de la cacher :de déchirer le plancher et d'enterrer la victime la nuit. Surtout, pas de coroner et pas d'autopsie !

Elle commença à ressentir un étrange intérêt pour son cousin éloigné.

"Et sa femme - savait-elle ce qu'il avait fait ?"

M. Orme fixa les yeux. Son point moral, il était revenu à la contemplation de ses propres affaires.

"Sa femme ? Oh, bien sûr que non. Le secret a été admirablement gardé ; mais sa propriété a été mise en fiducie, donc elle est tout à fait en sécurité avec lui."

Sa propriété ! Kate se demandait si sa foi en son mari avait également été mise en fiducie, si ses sensibilités avaient été protégées contre ses possibles intrusions.

"Pensez-vous que c'était tout à fait juste de l'avoir trompée de cette manière ?"

Mr. Orme lui jeta un regard perplexe : il n'avait aucun goût pour les sentiers sinueux de la conjecture éthique.

"Ses gens voulaient donner une nouvelle chance au pauvre garçon ; ils ont fait de leur mieux pour lui."

"Et - il n'a rien fait de déshonorant depuis ?"

"Pas que je sache : la dernière fois que j'ai entendu parler de lui, ils avaient un petit garçon, et il était très heureux. À cette distance, il n'est pas susceptible de nous déranger, en tout cas."

Longtemps après que M. Orme eut abandonné le sujet, Kate resta plongée dans sa contemplation. Elle avait commencé à percevoir que la belle surface de la vie était alvéolée par un vaste système d'égouts moraux. Chaque foyer respectable avait ses arrangements spéciaux pour la disposition privée des scandales familiaux ; ce n'était que parmi les imprudents et les imprévoyants que de telles précautions hygiéniques étaient négligées. Qui était-elle pour juger du mérite d'un tel système ? La santé sociale devait être préservée : les moyens inventés étaient le résultat d'une longue expérience et de l'instinct collectif de préservation. Elle avait l'intention de dire à son père ce soir-là que son mariage avait été reporté ; mais elle s'abstint maintenant de le faire, non par doute de l'acquiescement de M. Orme - on pouvait toujours le faire sentir par la force de scrupules conventionnels - mais parce que toute la question s'effondrait dans l'insignifiance à côté de la question plus importante que ses paroles avaient soulevée.

Dans sa propre chambre, cette nuit-là, elle passa par ces douleurs de l'âme dont naît la vie plus profonde. Sa première impression fut celle d'une grande solitude morale - une isolation plus complète, plus imperméable, que celle dans laquelle la découverte de l'acte de Denis l'avait plongée. Car elle avait vaguement compté, alors, sur un sens collectif de la justice qui devrait répondre à ses propres idées du bien et du mal : elle croyait toujours à la correspondance logique de la théorie et de la pratique. Maintenant, elle voyait que, parmi ceux qui lui étaient le plus proches, il n'y avait personne qui reconnaisse le besoin moral de l'expiation. Elle voyait que faire confiance à son père ou à Mme Peyton ne ferait que d'élargir le cercle de la misère stérile dans lequel elle et Denis se trouvaient. Au début, l'aspect de la vie ainsi révélé lui semblait simplement mesquin et bas - un monde où l'honneur était un pacte de silence entre des complices adroits. Le réseau de circonstances s'était resserré autour d'elle, et chaque effort pour s'échapper tirait ses mailles plus étroitement. Mais à mesure que ses luttes s'apaisaient, elle ressentait la libération spirituelle qui vient avec l'acceptation : non pas la connivence dans le déshonneur, mais la reconnaissance du mal. De cette vision sombre devait surgir la lumière, la colonne de nuage se transformant en colonne de feu. Car ici, enfin, la vie se présentait à elle telle qu'elle était : non pas vaillante, couronnée et victorieuse, mais nue, rampant et malade, traînant ses membres estropiés dans la boue, tout en levant des mains pitoyables vers les étoiles. L'amour lui-même, autrefois trônant haut sur un autel de rêves, comment il s'approchait d'elle maintenant, battu par la tempête et cicatrisé, plaidant pour le refuge de sa poitrine ! L'amour, en effet, non pas dans l'ancien sens où elle l'avait conçu, mais une présence plus grave, plus austère - la charité des trois mystiques. Elle pensait avoir cessé d'aimer Denis - mais qu'avait-elle aimé en lui sinon son bonheur et le sien ? Leur affection avait été le _jardin fermé_ des Cantiques, où ils devaient marcher éternellement dans une délicate isolation de béatitude. Mais maintenant, l'amour lui apparaissait comme quelque chose de plus - quelque chose de plus large, plus profond, plus durable que la passion égoïste d'un homme et d'une femme. Elle le voyait dans toutes ses conséquences lointaines, jusqu'à ce que la première rencontre de deux paires de jeunes yeux allume une lumière qui pourrait être un phare élevé au-dessus des eaux sombres de l'humanité.

Tout cela ne lui vint pas clairement, consécutivement, mais sous la forme d'une série d'images floues et changeantes. Le mariage avait signifié pour elle, comme il signifie pour les filles élevées dans l'ignorance de la vie, simplement la prolongation exquise de la cour. Si elle avait regardé au-delà, à la vision de liens plus larges, c'était comme un voyageur qui contemple une terre voilée d'une brume dorée, et tellement lointaine que l'imagination retarde pour l'explorer. Mais maintenant, à travers le flou des sensations, une image persistait étrangement - l'image de l'enfant de Denis. Avait-elle jamais pensé avant cela à ce qu'ils auraient un enfant ? Elle ne pouvait pas se rappeler. Elle était comme quelqu'un qui se réveille d'une longue fièvre : elle ne se souvenait de rien de son moi antérieur ni de ses sentiments antérieurs. Elle savait seulement que la vision persistait – la vision de l'enfant dont elle ne serait pas la mère. Il était impossible qu'elle épouse Denis - son âme intime le rejetait... mais c'était justement parce qu'elle ne serait pas la mère de l'enfant que son image la suivait si implorante. Car elle voyait avec une clarté parfaite le cours inévitable des événements.

Denis épouserait quelqu'un d'autre - il faisait partie de ces hommes destinés à se marier, et elle n'avait pas besoin du rappel de sa mère pour comprendre que son abandon de lui dans une crise émotionnelle le jetterait vers la première sympathie à portée. Il épouserait une fille qui ne savait rien de son secret - car Kate était intensément consciente qu'il ne se confesserait jamais volontairement à nouveau - il épouserait une fille qui lui faisait confiance et qui s'appuyait sur lui, comme elle, Kate Orme - la première Kate Orme - l'avait fait il y a seulement deux jours ! Et avec cette tromperie entre eux, leur enfant naîtrait : né pour un héritage de faiblesse secrète, d'un vice de la fibre morale, comme il pourrait naître avec quelque tare physique cachée qui le détruirait avant que la cause ne soit détectée... Eh bien, et alors quoi ? Devait-elle se tenir responsable ? N'est-ce pas des milliers d'enfants qui naissent avec une telle tare insoupçonnée ?... Ah, mais si celui-ci elle pouvait le sauver ? Et si elle, qui avait eu une vision si exquise de la vie conjugale, devait reconstruire à partir de ses ruines cette vision de maternité protectrice - si son amour pour son amant devait être, non perdu, mais transformé, élargi, en cette passion de charité pour sa race ? Si elle pouvait expier et racheter sa faute en devenant un refuge contre ses conséquences ? Devant cette étrange extension de son amour, toutes les anciennes limitations semblaient tomber. Quelque chose avait fendu la surface du moi, et là surgissaient les mystérieuses influences primordiales, l'instinct sacrificiel de son sexe, une passion de maternité spirituelle qui la faisait désirer se jeter entre l'enfant à naître et son destin...

Elle ne savait jamais, alors ou après, comment elle était arrivée à ce climax mystique de sacrifice ; elle était seulement consciente, à travers sa douleur, de ce soulèvement du cœur qui faisait dire à l'un des saints que la joie était le noyau le plus intime de la tristesse. Car c'était vraiment une sorte de joie qu'elle ressentait, si les vieux noms doivent servir à de telles nouvelles significations ; une vague de foi libératrice dans la vie, l'ancien _credo quia absurdum_ qui est le cri secret de tout effort suprême.

Partie II

I

"Est-ce que ça a l'air joli, maman ?" demanda Dick Peyton en lui posant la question sur le seuil, la tirant gaîment dans la petite pièce carrée, et ajoutant, avec un rire teinté de rougeur : "Tu sais qu'elle est une personne remarquablement observatrice, et les petits détails comptent avec elle."

Il se retourna sur son talon pour suivre l'inspection souriante de sa mère de la pièce.

"Il semble qu'elle a _toutes_ les qualités", remarqua Mme Denis Peyton, alors que son circuit la conduisait finalement à la jolie table à thé bien arrangée.

"_Toutes_," déclara-t-il, en atténuant la pointe de son insistance en l'adoptant promptement. Dick avait toujours eu l'habitude saine d'approprier ainsi à son propre usage de petits traits d'ironie maternelle qui lui étaient parfois adressés.

Kate Peyton rit et desserra ses fourrures. "Cela a l'air charmant", déclara-t-elle, concluant son examen par une approche de la fenêtre, qui offrait, bien en bas, la perspective oblique d'une longue rue latérale menant à la Cinquième Avenue.

La pièce perchée en hauteur était le bureau privé de Dick Peyton, un refuge séparé de l'enclos plus grand où, sous une lumière du nord et sur une rangée de tables en pin, trois ou quatre jeunes dessinateurs étaient occupés à élaborer ses projets architecturaux. La porte extérieure du bureau portait l'enseigne : _Peyton and Gill, Architecte_ ; mais Gill était une personne utilitaire, aussi discrète que son nom, se contentant d'un bureau dans la salle de travail, laissant Dick régner seul dans la petite pièce où les clients étaient introduits et où la partie sociale de l'entreprise était menée.

C'était destiné, en cette occasion, à être le lieu d'un thé conçu, comme Kate Peyton en était vivement consciente, pour présenter une certaine jeune femme au lieu de travail de son fils. Mme Peyton avait entendu beaucoup parler récemment de Clémence Verney. Dick était naturellement expansif, et son intimité étroite avec sa mère - une intimité favorisée par la mort précoce de son père - bien qu'elle ait subi une certaine détérioration naturelle pendant ses années d'école et de collège, avait été ravivée ces dernières années par quatre ans de camaraderie à Paris, où Mme Peyton, dans un petit appartement de la Rue de Varennes, avait tenu maison pour lui pendant ses études à l'École des Beaux-Arts. Il ne manquait certes pas de critiques de son propre sexe qui accusaient Kate Peyton d'avoir occupé une place trop importante dans la vie de son fils ; d'avoir omis de s'effacer à une époque où l'on convient que les jeunes hommes sont mieux laissés libres d'affronter le monde. Mme Peyton, si elle avait voulu se défendre, aurait pu dire que Dick, s'il était communicatif, n'était pas impressionnable, et que la densité de texture qui lui permettait de repousser ses sarcasmes le préservait également de l'infiltration de ses préjugés. Il n'était certainement pas le chevalier du cordon ombilical, mais un jeune homme apparemment résolu et autosuffisant, dont l'amitié romantique avec sa mère avait simplement servi à jeter un voile de suavité sur les angles durs de la jeunesse.

Mais la véritable excuse de Mme Peyton était après tout une excuse qu'elle n'aurait jamais avouée. C'était parce que son intimité avec son fils était le besoin unique de sa vie qu'elle avait, avec une tactique infinie et de la discrétion, mais avec une persistance égale, adhéré à chaque étape de sa croissance, se dissimulant, s'adaptant, se rajeunissant dans l'effort passionné d'être toujours à portée de main, mais jamais sur le chemin.

Denis Peyton était mort après sept ans de mariage, quand son garçon avait à peine six ans. Pendant ces sept années, il avait réussi à dilapider la meilleure partie de la fortune qu'il avait héritée de son beau-frère ; de sorte qu'à sa mort, sa veuve et son fils se retrouvèrent avec une maigre subsistance. Mme Peyton, pendant la vie de son mari, n'avait apparemment fait aucun effort pour restreindre ses dépenses. On l'avait même accusée, par ces personnes judicieuses qui sont toujours prêtes avec une estimation des motivations de leurs voisins, d'avoir encouragé l'improvidence de pauvre Denis pour la satisfaction de sa propre ambition. Elle avait en fait, au début de leur mariage, essayé de le lancer en politique, et avait peut-être tiré un peu trop lourdement sur ses fonds dans la première chaleur de la lutte ; mais l'expérience se terminant par un échec, comme les expériences de Denis Peyton avaient tendance à se terminer, elle n'avait plus rien demandé à son trésor. Ses goûts personnels étaient en fait inhabituellement simples, mais son indifférence manifeste à l'argent n'était pas, selon l'opinion de ses critiques, conçue pour agir comme une contrainte sur son mari ; et cela aboutit à la laisser, à sa mort, dans une situation d'où il était impossible de ne pas déduire une leçon morale.

Ses modestes moyens, et le souci de l'éducation du garçon, servirent de prétexte à la veuve pour se cloîtrer dans une banlieue socialement éloignée, où l'on supposait qu'elle expiait, avec une nourriture étrange et des bottes toutes faites, sa défiance imprudente du destin. Que la pénitence de Mme Peyton ait pris cette forme ou non, elle épargna son bien de manière si judicieuse qu'elle fut non seulement en mesure de donner à Dick la meilleure éducation, mais de proposer, à son départ de Harvard, qu'il prolongeât ses études de quatre ans supplémentaires aux Beaux-Arts. Ce fut la joie de sa vie que son garçon ait montré tôt une inclination marquée pour une ligne de travail particulière. Elle n'aurait pas supporté de le voir réduit à un simple affairiste, mais elle n'était pas désolée que leurs modestes moyens interdisent la culture d'un loisir orné. Pendant ses années de collège, Dick l'avait troublée par une surabondance de goûts, un passage incessant d'une forme d'expression artistique à une autre. Tout art qu'il appréciait, il voulait le pratiquer, passant de la musique à la peinture, de la peinture à l'architecture, avec une facilité qui semblait à sa mère indiquer un manque de dessein plutôt qu'un excès de talent. Elle avait observé que ces changements étaient généralement dus, non pas à l'autocritique, mais à quelque découragement extérieur. Toute dépréciation de son travail suffisait à le convaincre de l'inutilité de poursuivre cette forme d'art particulière, et la réaction produisait la conviction immédiate qu'il était vraiment destiné à briller dans une autre branche. Il avait ainsi oscillé d'une vocation à une autre jusqu'à la fin de sa scolarité, moment où sa mère prit la décision décisive de le transférer aux Beaux-Arts, dans l'espoir qu'un cours d'études défini, combiné au stimulus de la compétition, pourrait fixer ses aptitudes hésitantes. Le résultat justifia son attente, et leurs quatre années dans la Rue de Varennes confirmèrent le bonheur de sa croyance en lui. L'aptitude de Dick fut reconnue non seulement par sa mère, mais aussi par ses professeurs. Il était absorbé par son travail, et ses premiers succès développèrent sa capacité d'application. La seule crainte de sa mère était que les éloges étaient encore trop nécessaires pour lui. Elle était incertaine sur la durée de son ambition face à l'échec. Il donnait largement là où il était sûr d'une contrepartie ; mais il restait à voir s'il était capable de produire sans reconnaissance. Elle l'avait élevé dans un mépris sain des récompenses matérielles, et la nature semblait, dans cette direction, avoir secondé son éducation. Il était véritablement indifférent à l'argent, et son plaisir de la beauté était de ce genre heureux qui ne génère pas le désir de possession. Tant que l'œil intérieur avait de quoi contempler, il se souciait très peu des lacunes dans son environnement ; ou, plutôt, on pourrait dire qu'il ressentait, dans la somme totale de la beauté qui l'entourait, une propriété d'appréciation qui le laissait libre du souci du désir personnel. Mme Peyton avait cultivé à l'excès ce mépris des conditions matérielles ; mais elle commença maintenant à se demander si, en agissant ainsi, elle n'avait pas trop sollicité un tempérament naturellement exalté. En se préservant contre d'autres tendances, elle avait peut-être trop exclusivement favorisé en lui ces qualités que les circonstances avaient amenées à un développement inhabituel en elle-même. Ses enthousiasmes et ses dédains étaient tous deux trop absolus pour ce juste milieu de caractère qui est la meilleure défense contre les surprises de la fortune. Si elle lui avait appris à accorder une valeur exagérée aux récompenses idéales, n'était-ce pas là qu'un déplacement du point de danger sur lequel ses craintes avaient toujours pesé ? Il lui arrivait parfois de trembler en pensant à quel point l'amour et une vigilance constante avaient peu servi à dévier les tendances héritées.

Ses craintes furent en quelque sorte confirmées par les deux premières années de leur vie à New York, et le début de sa carrière en tant qu'architecte professionnel. Juste après les triomphes faciles de ses bourses d'études, vint la réaction glaciale de l'indifférence publique. Dick, à son retour de Paris, avait formé un partenariat avec un architecte qui avait eu plusieurs années de formation pratique dans un cabinet new-yorkais ; mais le calme et industrieux Gill, bien qu'il attirât vers la nouvelle entreprise quelques petits travaux qui débordaient de l'activité de son ancien employeur, ne parvint pas à infecter le public de sa foi en les talents de Peyton, et il était essayé pour un génie qui se sentait capable de créer des palais de devoir restreindre ses efforts à la construction de cottages de banlieue ou à la planification de modifications bon marché dans des maisons privées.

Mme. Peyton dépensa toutes les subtilités de la tendresse pour maintenir le courage de son fils ; et elle était secondée dans cette tâche par un ami que Dick avait rencontré aux Beaux-Arts, et qui, deux ans avant les Peyton, était retourné à New York pour commencer sa propre carrière d'architecte. Paul Darrow était un jeune homme plein de sérieux naïf, qui, après une jeunesse de travail et d'études dans son État natal du nord-ouest, avait remporté une bourse qui l'avait envoyé à l'étranger pour un cours aux Beaux-Arts. Ses deux années là-bas coïncidèrent avec la première partie du séjour de Dick, et les dons de Darrow attirèrent immédiatement le jeune étudiant. Dick était prodigue dans son admiration pour le talent rival, et Mme. Peyton, romantiquement portée à la culture de telles générosités, avait soutenu son enthousiasme par des offres généreuses d'hospitalité au jeune étudiant. Darrow devint ainsi le fréquent visiteur reconnaissant de leur petit _salon_ ; et après leur retour à New York, l'intimité entre les deux jeunes hommes fut renouvelée, bien que Mme. Peyton trouvât plus difficile de persuader l'ami de Dick de venir dans son salon new-yorkais que dans les alentours informels de la Rue de Varennes. Là-bas, sans aucun doute, isolée et absorbée par le travail de son fils, elle avait semblé à Darrow presque une camarade d'études ; mais vue parmi ses propres connaissances, elle redevenait la femme du monde, séparée de lui par toute la largeur de son aisance et de sa maladresse. Mme. Peyton, dont le tact avait deviné la cause de son éloignement, ne laissa pas un instant cela affecter l'amitié des deux jeunes hommes. Elle encouragea Dick à fréquenter Darrow, en qui elle devinait une persistance d'effort, une confiance artistique, en curieux contraste avec ses hésitations sociales. L'exemple de sa capacité obstinée de travail était justement l'influence dont son fils avait besoin, et si Darrow ne venait pas à eux, elle insistait pour que Dick le cherche, ne lui laissant jamais penser qu'une différence sociale pouvait affecter une amitié basée sur des choses plus profondes. Dick, qui avait toutes les loyautés et qui éprouvait une fierté honnête dans le succès croissant de son ami, n'avait pas besoin d'encouragements pour maintenir l'intimité ; et ses rapports copieux sur les colloques nocturnes dans le logement de Darrow montraient à Mme. Peyton qu'elle avait un allié puissant dans son ami invisible.

Il avait donc été quelque peu choquant d'apprendre au fil du temps que l'influence de Darrow était partagée, sinon contrecarrée, par celle d'une jeune dame en l'honneur de laquelle Dick donnait maintenant son premier thé professionnel. Mme. Peyton avait beaucoup entendu parler de Miss Clémence Verney, d'abord par les fournisseurs habituels de ce type d'informations, et plus récemment par son fils, qui, probablement devinant que la rumeur l'avait précédé, adopta sa méthode habituelle pour désarmer sa mère en la prenant dans sa confidence. Mais, aussi abondantes que fussent ses informations, elles restaient déroutantes et contradictoires, et même ses propres rares rencontres avec la jeune fille ne l'avaient pas aidée à se faire une opinion définitive. Miss Verney, dans sa conduite et ses idées, était manifestement de la "nouvelle école" : une jeune femme d'activités fiévreuses et de jugements diffus, dont la polyvalence même la rendait difficile à définir. Mme. Peyton était assez perspicace pour tenir compte des hasards de l'environnement ; ce qu'elle voulait découvrir était le résidu de caractère sous la surface changeante de Miss Verney.

"Ça a l'air charmant", répéta Madame Peyton en donnant une touche relâchante aux chrysanthèmes dans un grand vase sur le bureau de son fils.

Dick rit et jeta un coup d'œil à sa montre.

"Ils n'arriveront que dans un quart d'heure. Je pense que je vais dire à Gill de nettoyer l'atelier avant leur arrivée."

"Allons-nous voir les dessins pour la compétition ?" demanda sa mère.

Il secoua la tête en souriant. "Impossible - j'ai invité un ou deux gars des Beaux-Arts, vous savez ; et en plus, le vieux Darrow vient vraiment."

"Impossible !" s'exclama Madame Peyton.

"Il a juré qu'il viendrait la nuit dernière." Dick rit de nouveau, avec une pointe de satisfaction de soi. "J'ai l'impression qu'il veut voir Miss Verney."

"Ah," murmura sa mère. Il y eut une pause avant qu'elle n'ajoute : "Darrow participe vraiment à cette compétition ?"

"Bien sûr ! Je dirais même plus! Il se tue à la tâche."

Madame Peyton s'assit en faisant tourner sa fourrure sur une main méditative ; finalement, elle dit : "Je ne suis pas sûre que je trouve ça très bien de sa part."

Son fils s'arrêta devant elle avec un regard incrédule. "_Maman_ !" s'exclama-t-il.

La réprimande fit rougir son front. "Eh bien, compte tenu de votre amitié - et de tout le reste."

"Tout le reste ? Que voulez-vous dire par tout le reste ? Le fait qu'il ait plus de talent que moi et qu'il est donc plus susceptible de réussir ? Le fait qu'il a besoin de l'argent et du succès bien plus que nous tous réunis ? C'est pour cela que vous pensez qu'il n'aurait pas dû participer

? Maman ! Je ne vous ai jamais entendu dire quelque chose de peu généreux."

Le rouge s'approfondit jusqu'au cramoisi, et elle se leva avec un rire nerveux. "C'était peu généreux", concéda-t-elle. "Je suppose que je suis jalouse pour toi. Je déteste ces compétitions !"

Son fils sourit de manière rassurante. "Tu n'as pas besoin de l'être. Je n'ai pas peur : je pense que je vais réussir cette fois. En fait, Paul est le seul homme que je crains - j'ai toujours peur de Paul - mais le simple fait qu'il soit dans cette affaire est un énorme stimulus."

Sa mère continua de l'observer avec une tendresse anxieuse. "As-tu élaboré tout le schéma ? Le vois-tu déjà ?"

"Oh, globalement, oui. Il y a un écart ici et là - un peu flou, plutôt - c'est le problème le plus difficile que j'ai jamais eu à résoudre ; mais c'est ma plus grande opportunité, et je dois simplement m'en sortir coûte que coûte !"

Madame Peyton resta silencieuse, considérant son visage rougi et son regard illuminé, qui étaient plutôt ceux d'un vainqueur approchant du but que d'un coureur commençant tout juste la course. Elle se souvint de quelque chose que Darrow avait dit de lui autrefois : "Dick voit toujours la fin trop tôt."

"Il ne te reste pas beaucoup de temps", murmura-t-elle.

"Juste une semaine. Mais je ne vais nulle part après cela. Je renoncerai au monde." Il jeta un regard souriant à la table de thé festive et au bureau embelli. "Quand je réapparaîtrai, ce sera soit avec le talon sur le cou de Paul - pauvre vieux Paul - soit - soit - traîné sans vie de l'arène !"

Sa mère prit nerveusement le rire avec lequel il termina. "Oh, pas sans vie", dit-elle.

Son visage s'assombrit. "Eh bien, estropié à vie, alors," murmura-t-il.

Madame Peyton ne répondit pas. Elle savait combien dépendait la possibilité de remporter la compétition qui l'avait absorbé pendant des semaines. Il s'agissait d'un projet pour le nouveau musée de sculpture, pour lequel la ville avait récemment voté un demi-million. Le goût de Dick allait naturellement vers le grandiose, et la construction de bâtiments publics avait toujours été l'objet de son ambition. Voici une opportunité inégalée, et il savait que, dans une compétition de ce genre, le plus récent arrivant avait autant de chances de succès que la firme de la plus grande réputation, puisque chaque concurrent était évalué pour ses propres mérites, les projets étant soumis à un jury d'architectes qui votaient sans connaître les noms des participants. Dick, de manière caractéristique, ne craignait pas les anciennes entreprises ; en fait, comme il l'avait dit à sa mère, Paul Darrow était le seul rival qu'il craignait. Madame Peyton savait que, jusqu'à un certain point, la confiance en soi était un bon signe ; mais d'une certaine manière, celle de son fils ne lui semblait pas avoir la bonne substance - elle semblait n'avoir aucune dimension sauf l'étendue. Ses craintes étaient compliquées par le soupçon que, sous son empressement professionnel pour réussir, se cachait la connaissance que la faveur de Miss Verney dépendait de la victoire. C'était peut-être cela qui donnait une touche fébrile à son ambition ; et Madame Peyton, scrutant l'avenir depuis les hauteurs de ses appréhensions matérielles, devina que la situation dépendait principalement du point de vue de la jeune fille. Elle aurait donné beaucoup pour connaître la conception du succès de Clémence Verney.

II

Mademoiselle Verney, lorsqu'elle apparut peu après, à la suite de la jeune femme mariée impersonnelle et exclamative qui servait de toile de fond à son contour vivant, semblait capable de fournir sur-le-champ toutes les informations nécessaires. Elle n'avait jamais semblé à Mme Peyton plus alerte et efficace. Une grâce fondante de lignes et de couleurs adoucissait ses contours avec la charmante brume de la jeunesse ; mais il vint à l'esprit de sa critique qu'elle pourrait émerger de cette brume matinale comme une vieille femme sèche et métallique.

Si Miss Verney soupçonnait une application personnelle dans l'hospitalité de Dick, cela ne suscitait pas en elle les signes habituels de conscience de soi. Sa manière pouvait avoir été une nuance plus vive que d'habitude, mais elle préservait toute sa brillante sérénité de regard et de parole, de sorte que l'on devinait, sous la dispersion rapide des mots, une stabilité de perception non perturbée. Elle était largement mais pas indiscriminément intéressée par les preuves du travail de son hôte, et tandis que les autres invités se rassemblaient, errant avec des exclamations vagues à travers le labyrinthe des dessins à l'échelle et des plans, Mme Peyton notait que Miss Verney seule savait ce que signifiaient ces symboles.

À la demande des visiteurs de lui montrer ses plans pour la compétition, Peyton avait opposé un refus en riant, renforcé par la présence de deux collègues architectes, de jeunes hommes avec des traces persistantes des Beaux-Arts dans leur costume et leur vocabulaire, qui se tenaient dans des attitudes à la Gavarni et éblouissaient les dames par des allusions à la fenestration et à l'entasis. La fête avait déjà dérivé vers la table à thé lorsqu'un coup hésitant annonça l'approche de Darrow. Il entra avec son air habituel d'être entré par erreur, gêné par son chapeau et son manteau, et jeté dans une confusion plus profonde par la nécessité d'être présenté aux dames regroupées autour de l'urne. Aux hommes, il lança un signe de tête bourru de camaraderie, et Dick l'ayant débarrassé de ses encombrants, il se retira derrière l'abri de l'accueil de Mme Peyton. Cette dernière lui donna judicieusement le temps de se remettre, et quand elle se tourna vers lui, il était engagé dans une inspection furtive de Miss Verney, dont la finesse sombre, détachée contre les murs nus du bureau, la faisait ressembler à un jeune Saint Jean de Donatello. La jeune fille rendit son regard avec l'un de ses regards clairs, et le groupe s'étant finalement disloqué, Mme Peyton vit qu'elle avait dérivé du côté de Darrow.

Les visiteurs s'étaient finalement dirigés vers la salle de travail pour voir un portfolio des aquarelles de Dick ; mais Mme Peyton était restée assise derrière l'urne, écoutant l'échange de paroles à travers la porte ouverte tout en essayant de coordonner ses impressions.

Elle vit que Miss Verney était sincèrement intéressée par le travail de Dick : c'était la nature de son intérêt qui restait en doute. Comme pour résoudre ce doute, la jeune fille réapparut bientôt seule sur le seuil et, découvrant Mme Peyton, s'avança vers elle avec un sourire.

"En avez-vous assez de nous entendre louer les choses de M. Peyton ?" demanda-t-elle, s'installant dans un fauteuil bas à côté de son hôtesse. "L'admiration peu intelligente doit être ennuyeuse pour ceux qui savent, et M. Darrow me dit que vous êtes presque aussi instruite que votre fils."

Mme Peyton rendit le sourire, mais éluda la question. "Je serais désolée de penser que votre admiration est peu intelligente", dit-elle. "J'aime sentir que le travail de mon fils est apprécié par des gens qui le comprennent."

"Oh, j'ai la culture habituelle", dit Miss Verney négligemment. "Je _pense_ savoir pourquoi j'admire son travail ; mais alors je suis sûre de voir plus en lui quand quelqu'un comme M. Darrow me dit à quel point il est remarquable."

"Est-ce que M. Darrow dit cela ?" s'exclama la mère, perdant de vue son objectif dans le tourbillon du plaisir maternel.

"Il n'a rien dit d'autre : il semble que ce soit le seul sujet qui lui fasse ouvrir la bouche. Je crois qu'il est plus anxieux que votre fils remporte la compétition que de la remporter lui-même."

"C'est un très bon ami", acquiesça Mme Peyton. Elle fut frappée par la manière dont la jeune fille ramena le sujet à l'application spéciale qui l'intéressait. Elle n'avait aucune des artifices de la pruderie.

"Il est persuadé que M. Peyton _va_ gagner", continua Miss Verney. "C'était très intéressant d'entendre ses raisons. C'est un homme extraordinairement intéressant. Ça doit être une incitation énorme d'avoir un tel ami."

Mme Peyton hésita. "L'amitié est délicieuse ; mais je ne sais pas si mon fils a besoin de cette incitation. Il est presque trop ambitieux."

Miss Verney leva les yeux avec vivacité. "Peut-on l'être ?" dit-elle. "L'ambition est si splendide ! Ça doit être tellement glorieux d'être un homme et de foncer à travers les obstacles, droit vers ce qu'on recherche. J'ai peur de ne pas aimer les gens qui sont supérieurs au succès. J'aime le mariage par capture !" Elle se leva avec son rire éparpillé, et se tint rougie et étincelante au-dessus de Mme Peyton, qui continua de la contempler gravement.

"Qu'appelez-vous le succès ?" demanda cette dernière. "Cela signifie tellement de choses différentes."

"Oh, oui, je sais - l'approbation intérieure, et tout ça. Eh bien, j'ai peur que j'aime plutôt l'autre genre : les tambours et les couronnes et les acclamations. Si j'étais M. Peyton, par exemple, je préférerais de loin remporter la compétition que... que d'être aussi désintéressé que M. Darrow."

Mme Peyton sourit. "J'espère que vous ne lui direz pas ça", dit-elle à moitié sérieusement. "Il est déjà surstimulé ; et il est tellement influençable par quiconque - dont l'opinion a de la valeur pour lui."

Elle s'arrêta brusquement, s'entendant, avec un étrange choc intérieur, répéter les mots qu'une autre mère lui avait autrefois adressés. Miss Verney ne sembla pas prendre l'allusion pour elle-même, car elle continua de fixer sur Mme Peyton un regard de sympathie impartiale.

"Nous ne pouvons pas nous empêcher d'être intéressés !" déclara-t-elle.

"C'est très gentil de votre part ; mais j'aimerais que vous l'aidiez tous à sentir que sa compétition est finalement de très peu d'importance par rapport à d'autres choses - sa santé et sa tranquillité d'esprit, par exemple. Il a l'air horriblement épuisé."

La jeune fille jeta un coup d'œil par-dessus son épaule à Dick, qui venait de réapparaître dans la pièce aux côtés de Darrow.

"Oh, vous pensez vraiment ?" dit-elle. "J'aurais pensé que c'était son ami qui était épuisé."

Mme Peyton suivit le regard avec surprise. Elle avait été trop préoccupée pour remarquer Darrow, dont le visage grossièrement modelé était toujours d'une pâleur terne, à laquelle son œil gris à mouvement lent ne prêtait aucun soulagement, sauf dans de rares moments d'expansion. Maintenant, le visage avait les lignes tombantes d'un masque mortuaire, dans lequel seul le sourire qu'il tournait vers Dick restait vivant ; et la vue la frappa de remords. Pauvre Darrow ! Il avait l'air terriblement épuisé : comme s'il avait besoin de soins, de câlins et de bonne nourriture. Personne ne savait exactement comment il vivait. Ses chambres, selon le rapport de Dick, étaient sans feu et mal entretenues, mais il y tenait parce que sa logeuse, qu'il avait sortie de quelque embarras financier, avait du mal à trouver d'autres locataires. Il n'appartenait à aucun club, et sortait seul pour ses repas, refusant mystérieusement l'hospitalité que ses amis lui offraient. Il était évident qu'il était très pauvre, et Dick conjecturait qu'il envoyait ce qu'il gagnait à une tante dans son village natal ; mais il était tellement silencieux sur de telles questions qu'en dehors de sa profession, il semblait ne pas avoir de vie personnelle.

Le compagnon de Miss Verney l'ayant informée du temps écoulé, il s'ensuivit un départ général, au terme duquel Dick accompagna les dames jusqu'à leur voiture. Darrow, quant à lui, s'empêtra maladroitement dans son manteau, un processus qui le plongeait toujours dans un état d'embarras moite ; mais Mme Peyton, le surprenant en train de le faire, suggéra qu'il devrait différer et lui accorder quelques moments de conversation.

"Laissez-moi vous faire du thé frais", dit-elle, tandis que Darrow, rougissant, se débarrassait du vêtement, "et quand Dick reviendra, nous rentrerons tous ensemble. Je n'ai pas eu l'occasion de dire deux mots avec vous cet hiver."

Darrow s'effondra dans un fauteuil à côté d'elle et contempla nerveusement ses bottes. "J'ai été terriblement occupé", dit-il.

"Je sais : _trop_ occupé, j'ai peur. Dick me dit que vous vous êtes épuisé sur vos plans de compétition."

"Oh, eh bien, j'aurai le temps de me reposer maintenant", répondit-il. "J'ai mis la touche finale ce matin."

Mme Peyton lui lança un regard rapide. "Vous avez de l'avance sur Dick, alors."

"En termes de temps seulement", dit-il en souriant.

"C'est un avantage en soi", répondit-elle avec une nuance d'aspérité. Malgré un effort sincère pour l'impartialité, elle ne pouvait pas, à ce moment-là, s'empêcher de considérer Darrow comme un obstacle sur le chemin de son fils.

"Je souhaite que la compétition soit terminée !" s'exclama-t-elle, consciente que sa voix l'avait trahie. "Je déteste vous voir tous les deux avoir l'air si épuisés."

Darrow sourit à nouveau, peut-être à cause de son inclusion étudiée de lui-même.

"Oh, _Dick_ va bien", dit-il. "Il se ressaisira en un rien de temps."

Il parla avec une emphase qui aurait pu la frapper, si ses sympathies n'avaient pas été de nouveau détournées par l'allusion à son fils.

"Pas s'il ne gagne pas", s'écria-t-elle.

Darrow prit le thé qu'elle lui avait versé, faisant tomber la cuillère par terre dans son empressement à accomplir l'exploit avec grâce. En se penchant pour récupérer la cuillère, il heurta la table à thé de son épaule et fit danser les tasses. Ayant retrouvé une mesure de calme, il prit une gorgée du thé chaud et le posa avec un soupir, précairement près du bord de la table à thé. Mme Peyton sauva la tasse, et Darrow, apparemment en oubliant son existence, se leva et se mit à marcher dans la pièce. Il lui était toujours difficile de rester assis quand il parlait.

"Vous voulez dire qu'il est tellement déterminé ?" éclata-t-il.

Mme Peyton hésita. "Vous le connaissez presque aussi bien que moi", dit-elle. "Il est capable de tout lorsqu'il y a une possibilité de succès ; mais j'ai toujours peur de la réaction."

"Oh, eh bien, Dick est un homme", dit Darrow brusquement. "En outre, il va réussir."

"Je souhaite qu'il ne soit pas aussi sûr de lui. Vous ne devez pas penser que j'ai peur pour lui. C'est un homme, et je veux qu'il prenne ses chances avec d'autres hommes ; mais je souhaite qu'il ne se soucie pas autant de ce que pensent les gens."

"Les gens ?"

"Miss Verney, alors : je suppose que vous savez."

Darrow s'arrêta devant elle. "Oui : il a beaucoup parlé d'elle. Vous pensez qu'elle veut qu'il réussisse ?"

"À n'importe quel prix !"

Il fronça les sourcils. "Que voulez-vous dire par 'à n'importe quel prix' ?"

"Eh bien, elle-même, dans ce cas, je crois."

Darrow fixa sur elle un regard perplexe. "Vous voulez dire qu'elle attache tant d'importance à cette compétition ?"

"Il semble qu'elle la considère comme symbolique : c'est ce que je comprends. Et j'ai bien peur qu'elle lui ait donné la même impression."

Le visage creusé de Darrow fut illuminé par son rare sourire. "Eh bien, il va réussir alors !" dit-il.

Mme Peyton se leva avec un soupir distrait. "J'espère à moitié qu'il ne le fera pas, pour un tel motif", s'exclama-t-elle.

"Le motif ne se montrera pas dans son travail", dit Darrow. Il ajouta, après une pause probablement consacrée à la recherche du mot juste : "Il semble tenir beaucoup à elle."

Mme Peyton le fixa pensivement. "J'aimerais savoir ce que _vous_ pensez d'elle."

"Eh bien, je ne l'avais jamais vue auparavant."

"Non ; mais vous avez parlé avec elle aujourd'hui. Vous avez formé une opinion : je pense que vous êtes venu ici exprès."

Il rit joyeusement devant sa perspicacité : elle lui avait toujours semblé douée d'une clairvoyance surnaturelle. "Eh bien, je voulais la voir", admit-il.

"Et qu'en pensez-vous ?"

Il fit quelques pas vagues puis s'arrêta devant Mme Peyton. "Je pense," dit-il en souriant, "qu'elle aime être aidée en premier, et avoir tout sur son assiette d'un coup."

III

Au dîner, avec un brusque sentiment de contrition, Mme Peyton se souvint qu'elle n'avait finalement pas parlé à Darrow de sa santé. Il l'avait distraite en commençant à parler de Dick, et en plus, autant les opinions de Darrow l'intéressaient, sa personnalité n'avait jamais retenu son attention. Il lui semblait toujours simplement être un véhicule pour la transmission d'idées.

C'est Dick qui la rappela à son oubli en demandant si elle n'avait pas remarqué que le vieux Paul avait l'air plutôt épuisé que d'habitude.

"Il avait l'air fatigué," concéda Mme Peyton. "Je voulais lui dire de prendre soin de lui."

Dick rit de l'inutilité de la mesure. "Le vieux Paul n'est jamais fatigué : il peut travailler vingt-cinq heures sur vingt-quatre. Le problème avec lui, c'est qu'il est malade. Quelque chose cloche dans la machinerie, j'ai bien peur."

"Oh, je suis désolée. A-t-il consulté un médecin ?"

"Il n'a pas voulu m'écouter quand je lui ai suggéré l'autre jour, mais il est tellement mystérieux que je ne sais pas ce qu'il a pu faire depuis." Dick se leva, posant sa tasse de café et sa cigarette à moitié fumée. "J'ai à moitié envie de passer le voir ce soir et voir comment il va."

"Mais il habite à l'autre bout du monde, et tu es fatigué toi-même."

"Je ne suis pas fatigué, juste un peu tendu," répondit-il en souriant. "Et puis, je vais rencontrer Gill au bureau tout à l'heure et passer une nuit à travailler. Ça ne me fera pas de mal de jeter un coup d'œil à Paul d'abord."

Mme Peyton resta silencieuse. Elle savait qu'il était inutile de discuter avec son fils au sujet de son travail, et elle essaya de se fortifier en se rappelant ses propres paroles à Darrow : Dick était un homme et devait tenter sa chance comme les autres hommes.

Mais Dick, jetant un coup d'œil à sa montre, poussa une exclamation d'agacement. "Oh, zut, je n'aurai pas le temps après tout. Gill m'attend maintenant ; nous avons dû traîner au dîner." Il alla donner à sa mère une petite tape caressante sur la joue. "Ne t'inquiète pas," la conjura-t-il ; et comme elle lui souriait en retour, il ajouta avec un rougissement soudain et joyeux : "Elle ne s'inquiète pas, tu sais : elle est persuadée de moi."

Le sourire de Mme Peyton s'estompa, et posant une main revenante sur la sienne, elle dit avec une directivité soudaine : "Persuadée de toi, ou de ton succès ?"

Il hésita. "Oh, elle les considère comme synonymes. Elle pense que je suis sûr de réussir."

"Mais si tu ne réussis pas ?"

Il haussa les épaules en riant, mais avec une légère contraction de ses sourcils confiants. "Eh bien, je devrai laisser la place à quelqu'un d'autre, je suppose. C'est la loi de la vie."

Mme Peyton s'assit droit, le regardant avec une sorte de solennité. "Est-ce la loi de l'amour ?" demanda-t-elle.

Il la regarda avec un sourire qui tremblait un peu. "Ma chère mère romantique, je ne veux pas de sa pitié, tu sais !"

* * * * *

Dick, rentrant chez lui le lendemain peu avant le lever du jour, quitta la maison à nouveau après un petit déjeuner rapide, et Mme Peyton n'entendit plus parler de lui jusqu'à la nuit. Il avait promis de rentrer pour le dîner, mais quelques instants avant huit heures, alors qu'elle descendait au salon, la femme de chambre lui remit une note rapidement griffonnée.

"N'attends pas pour moi," disait-elle. "Darrow est malade et je ne peux pas le laisser. Je t'enverrai une ligne quand le médecin l'aura vu."

Mme Peyton, qui était une femme aux réactions rapides, lut les mots avec une piqûre. Elle avait honte des pensées jalouses qu'elle avait nourries à l'égard de Darrow, et de l'égoïsme qui l'avait fait perdre de vue ses problèmes en considérant le bien-être de Dick. Même Clémence Verney, qu'elle accusait secrètement de manquer de cœur, avait été frappée par l'air malade de Darrow, alors qu'elle n'avait eu d'yeux que pour son fils. Pauvre Darrow ! À quel point il devait la trouver froide et centrée sur elle-même ! Dans le premier élan de pénitence, son instinct fut de se rendre immédiatement à ses logements ; mais l'infection de sa propre timidité la retint. La note de Dick ne donnait aucun détail ; la maladie était évidemment grave, mais peut-être Darrow considérerait-il sa venue comme une intrusion ? Réparer sa négligence d'hier par une soudaine invasion de sa vie privée pourrait n'être qu'un échec plus grand en matière de tact ; et après un moment de délibération, elle résolut d'envoyer demander à Dick s'il souhaitait qu'elle vienne.

La réponse, qui arriva tard, fut ce à quoi elle s'attendait. "Non, nous avons toute l'aide nécessaire. Le médecin a envoyé une bonne infirmière et reviendra plus tard. C'est une pneumonie, mais bien sûr, il n'en dit pas beaucoup pour l'instant. Fais-moi parvenir du jus de bœuf dès que la cuisinière pourra le faire."

Le jus de bœuf commandé et expédié, elle se retrouva à veiller dans une mélancolie en contraste avec celle de la veille. Alors, elle avait été enfermée dans les étroites limites de ses intérêts maternels ; maintenant, les barrières de soi étaient brisées, et ses préoccupations personnelles emportées par le courant d'une sympathie plus large. Assise là dans le rayon de lumière de lampe qui, pendant tant de soirées, avait tenu Dick et elle-même dans un cercle enchanté de tendresse, elle vit que son amour pour son fils n'était devenu qu'une sorte d'égotisme étendu. L'amour l'avait rétréci au lieu de l'élargir, avait reconstruit entre elle et la vie les mêmes murs qu'elle avait abattus des années et des années auparavant avec des doigts saignants. C'était horrible, comment elle en était venue à tout sacrifier à la seule passion de l'ambition pour son fils...

Au lever du jour, elle envoya un autre messager, l'un de ses propres serviteurs, qui revint sans avoir vu Dick. M. Peyton avait fait dire qu'il n'y avait pas de changement. Il écrirait plus tard ; il ne voulait rien. La journée s'écoula tristement. Une fois, Kate se surprit à calculer les précieuses heures perdues pour la tâche inachevée de Dick. Elle rougit de son égoïsme inéradicable et tenta de tourner son esprit vers le pauvre Darrow. Mais elle ne put maîtriser ses impulsions ; et maintenant elle se surprenait à nourrir la pensée que sa maladie l'exclurait au moins de la compétition. Mais non, elle se rappela qu'il avait dit que son travail était terminé. Quoi qu'il arrive, il se tenait sur le chemin du succès de son fils. Elle se détestait pour cette pensée, mais elle ne pouvait pas s'en débarrasser.

La soirée approchait, mais il n'y avait pas de note de Dick. Finalement, dans la réaction honteuse de ses craintes, elle sonna pour une voiture et monta à l'étage pour se préparer. Elle ne pouvait plus rester à l'écart : elle devait aller voir Darrow, ne serait-ce que pour échapper à ses pensées mauvaises à son égard. En redescendant, elle entendit la clé de Dick dans la porte. Elle pressa le pas, et en atteignant le hall, il se tenait devant elle sans parler.

Elle le regarda et la question mourut sur ses lèvres. Il fit un signe de tête et passa lentement devant elle.

"Il n'y avait aucun espoir dès le début," dit-il.

Le lendemain, Dick fut occupé par les préparatifs des funérailles. La tante éloignée, qui semblait être la seule parente de Darrow, avait été dûment informée de sa mort, mais n'ayant reçu aucune réponse d'elle, il revenait à son ami de remplir les devoirs habituels. Il était de nouveau absent pour la majeure partie de la journée, et lorsqu'il revint à la tombée de la nuit, Mme Peyton, levant les yeux de la table de thé derrière laquelle elle l'attendait, fut frappée par la misère profondément marquée de son visage.

Ses propres pensées étaient trop douloureuses pour une expression facile, et ils restèrent un moment dans une communauté muette de malheur.

"Tout est-il arrangé ?" demanda-t-elle finalement.

"Oui. Tout."

"Et vous n'avez pas eu de nouvelles de la tante ?"

Il secoua la tête.

"Ne pouvez-vous trouvé aucune trace d'autres parents ?"

"Aucune. J'ai examiné tous ses papiers. Il y en avait très peu, et je n'ai trouvé aucune adresse sauf celle de la tante." Il resta affalé dans sa chaise, négligeant la tasse de thé qu'elle avait mécaniquement versée pour lui. "J'ai trouvé cela, cependant," ajouta-t-il après une pause, sortant une lettre de sa poche et la lui tendant.

Elle la prit avec hésitation. "Devrais-je la lire ?"

"Oui."

Elle vit alors que l'enveloppe, de la main de Darrow, était adressée à son fils. À l'intérieur se trouvaient quelques mots crayonnés, datés du premier jour de sa maladie, le lendemain du jour où elle l'avait vu pour la dernière fois.

"Cher Dick," lut-elle, "je veux que tu utilises mes plans pour le musée si tu peux en tirer quelque chose de bon. Même si je m'en sors, je veux que tu le fasses. J'aurai d'autres occasions, et j'ai l'idée que celle-ci compte beaucoup pour toi."

Mme Peyton resta sans voix, fixant la date de la lettre, qu'elle avait immédiatement associée à sa dernière conversation avec Darrow. Elle vit qu'il l'avait compris, et la pensée la brûla jusqu'au fond de l'âme.

"N'était-ce pas glorieux de sa part ?" dit Dick.

Elle laissa tomber la lettre et cacha son visage dans ses mains.

IV

Les funérailles eurent lieu le lendemain matin, et au retour du cimetière, Dick dit à sa mère qu'il devait aller jeter un coup d'œil aux affaires du bureau de Darrow. Il avait appris la veille de la tante de son ami, une personne démunie pour qui la télégraphie était difficile et les voyages inconcevables, et qui, dans huit pages d'éloquence dépourvue de ponctuation, léguait à Dick ce qu'elle appelait le triste privilège de régler les affaires de son neveu.

Mme Peyton regarda anxieusement son fils. "N'y a-t-il personne qui puisse le faire pour toi ? Il devait avoir un commis ou quelqu'un qui connaît son travail."

Dick secoua la tête. "Pas récemment. Il n'avait pas grand-chose à faire cet hiver, et ces derniers mois, il avait abandonné tout pour travailler seul sur ses projets."

Le mot fit naître une légère rougeur sur la joue de Mme Peyton. C'était la première allusion qu'ils faisaient tous deux au legs de Darrow.

"Oh, bien sûr, tu dois faire tout ce que tu peux," murmura-t-elle, se retirant seule dans la maison.

Les émotions de la matinée l'avaient profondément émue, et elle resta chez elle toute la journée, laissant son esprit s'attarder, dans une sorte de piété rétrospective, à la pensée de la dévotion du pauvre Darrow. Elle lui avait accordé trop peu de temps de son vivant, avait trop facilement accepté ses habitudes croissantes de reclus ; et elle le ressentait comme une preuve d'insensibilité de ne pas s'être sentie plus étroitement liée à la seule personne qui avait aimé Dick comme elle l'aimait. La preuve de cet amour, telle qu'elle apparaissait dans la lettre de Darrow, la remplissait d'une vaine componction. La prodigalité même de son offre lui prêtait un pathétique plus profond. Il était merveilleux que, même dans l'urgence de l'affection, un homme de sa rectitude presque morbide ait pu négliger les restrictions de l'honneur professionnel, ait pu sous-entendre la possibilité pour son ami de les négliger. Cela semblait rendre son sacrifice d'autant plus complet qu'il avait, inconsciemment, pris la forme d'une tentation subtile.

Le dernier mot arrêta les pensées de Mme Peyton. Une tentation ? Pour qui ? Sûrement pas pour quelqu'un capable, comme son fils était capable, de se hisser à la hauteur de la dévotion de son ami. L'offre, pour Dick, signifierait simplement, comme pour elle, la dernière expression touchante d'une fidélité inarticulée : l'énoncé d'un amour qui avait enfin trouvé sa formule. Mme Peyton rejeta comme morbide toute autre vision de la situation. Elle s'en voulait de supposer que Dick pouvait être affecté, même de manière lointaine, par la possibilité à laquelle la renonciation du pauvre Darrow faisait allusion. La nature de l'offre la reléguait des questions pratiques à la région idéalisante du sentiment.

Mme Peyton était assise seule avec ces pensées pendant la plus grande partie de l'après-midi, et la nuit tombait quand Dick entra dans le salon. Dans la pénombre, avec sa pâleur accentuée par l'effet sombre de son deuil, il lui apparut presque de manière surprenante, ravivant une impression depuis longtemps effacée qui lui donnait, un moment, le sentiment de lutter parmi les ombres. Elle ne savait pas d'abord ce qui avait produit cet effet ; puis elle vit que c'était sa ressemblance avec son père.

"Eh bien, c'est fini ?" demanda-t-elle lorsqu'il se jeta dans un fauteuil sans parler.

"Oui, j'ai tout examiné." Il s'inclina en arrière, croisant les mains derrière sa tête et regardant fixement au-delà d'elle avec une expression de lassitude totale.

Elle fit une pause un moment, puis dit de manière tentante : "Demain, tu pourras retourner au travail."

"Oh, mon travail", s'exclama-t-il, comme pour écarter une plaisanterie malvenue.

"Es-tu trop fatigué ?"

"Non." Il se leva et commença à errer dans la pièce. "Je ne suis pas fatigué. Donne-moi du thé, veux-tu ?" Il s'arrêta devant elle pendant qu'elle versait la tasse, puis, sans la prendre, se détourna pour allumer une cigarette.

"Il y a sûrement encore du temps ?" suggéra-t-elle, les yeux fixés sur lui.

"Du temps ? Pour terminer mes projets ? Oh, oui, il y a du temps. Mais ça ne vaut pas la peine."

"Ça ne vaut pas la peine ?" Elle se leva brusquement, puis retomba dans son siège, honteuse d'avoir trahi son anxiété. "Ils valent autant qu'ils en valaient la semaine dernière," dit-elle en essayant de paraître joyeuse.

"Pas pour moi," répondit-il. "Je n'avais pas vu ceux de Darrow à l'époque."

Il y eut un long silence. Mme Peyton resta les yeux fixés sur ses mains jointes, et son fils parcourut la pièce avec agitation.

"Sont-ils si merveilleux ?" demanda-t-elle enfin.

"Oui."

Elle fit une pause à nouveau, puis dit en relevant un regard tremblant vers son visage : "Cela rend son offre d'autant plus belle."

Dick était en train d'allumer une autre cigarette, et son visage était tourné d'elle. "Oui, je suppose," dit-il d'une voix basse.

"Ils étaient tout à fait terminés, il me l'a dit," continua-t-elle, baissant inconsciemment sa voix à la hauteur de la sienne.

"Oui."

"Alors, ils seront présentés, je suppose ?"

"Bien sûr, pourquoi pas ?" répondit-il presque brusquement.

"Auras-tu le temps de t'occuper de tout cela et de finir les tiens aussi ?"

"Oh, je suppose. Je t'ai dit que ce n'est pas une question de temps. Je vois maintenant que les miens ne valent pas la peine de s'en préoccuper."

Elle se leva et s'approcha de lui, posant ses mains sur ses épaules. "Tu es fatigué et tendu ; comment peux-tu juger ? Pourquoi ne me laisserais-tu pas examiner les deux conceptions demain ?"

Sous son regard, il rougit brusquement et recula avec un geste à moitié impatient.

"Oh, j'ai peur que cela ne m'aide pas ; tu serais sûre de penser que les miens sont les meilleurs," dit-il en riant.

"Mais si je pouvais te donner de bonnes raisons ?" le pressa-t-elle.

Il prit sa main, comme s'il avait honte de son impatience. "Chère maman, si tu avais des raisons, leur simple existence prouverait qu'elles sont mauvaises."

Sa mère ne rendit pas son sourire. "Tu ne me laisseras pas voir les deux conceptions alors ?" dit-elle avec une légère insistance.

"Oh, bien sûr, si tu veux, si seulement tu ne veux pas en parler maintenant ! Ne vois-tu pas que je suis à peu près épuisé ?" éclata-t-il de façon incontrôlable ; et alors qu'elle restait silencieuse, il ajouta d'une voix fatiguée, "Je pense que je vais monter voir si je ne peux pas faire une sieste avant le dîner."

* * * * *

Bien qu'ils se soient séparés avec l'assurance qu'elle verrait les deux conceptions si elle le souhaitait, Mme Peyton savait qu'elles ne lui seraient pas montrées. Dick, en effet, ne lui refuserait plus explicitement sa demande ; mais n'avait-il pas compté sur l'improbabilité de sa réitération ? Toute la nuit, elle fut confrontée à cette question. La situation se forma devant elle avec cette netteté hallucinante qui caractérise la vision de minuit. Elle savait maintenant pourquoi Dick lui avait soudainement rappelé son père : n'avait-elle pas déjà vu la même pensée bouger derrière les mêmes yeux ? Elle était certaine que Dick avait envisagé d'utiliser les dessins de Darrow. Alors qu'elle gisait éveillée dans l'obscurité, elle pouvait l'entendre, bien après minuit, arpenter le sol au-dessus d'elle : elle retenait son souffle, écoutant le battement récurrent de son pied, qui semblait être celui d'un esprit emprisonné tournant péniblement dans la cage de la même pensée. Elle sentait dans chaque fibre qu'une crise dans la vie de son fils avait été atteinte, que l'acte maintenant devant lui aurait un effet déterminant sur tout son avenir. Les circonstances de son passé avaient élevé sa perspicacité naturelle en clairvoyance, en avaient fait un baromètre moral réagissant aux moindres fluctuations de l'atmosphère, et des années de méditation anxieuse l'avaient familiarisée avec la forme que les tentations de son fils étaient susceptibles de prendre. La misère particulière de sa situation était qu'elle ne pouvait pas, sauf indirectement, mettre cette intuition, cette prévoyance, à son service. C'était une partie de sa perspicacité de savoir que la vie est le seul vrai conseiller, que la sagesse non filtrée par l'expérience personnelle ne devient pas une partie des tissus moraux. L'amour tel que le sien avait une grande fonction, celle de la préparation et de la direction ; mais il devait savoir comment retenir sa main et garder son conseil, comment veiller sur son objet en tant qu'influence invisible plutôt qu'en tant qu'ingérence active.

Kate Peyton s'était dit tout cela encore et encore, au cours de ces heures de calcul anxieux où elle avait essayé de dresser l'horoscope de Dick ; mais ce n'est pas dans ses moments de prévision les plus fantastiques qu'elle avait imaginé un test aussi cruel de son courage. Si ses prières pour lui avaient pris une forme précise, elle aurait peut-être demandé qu'il soit épargné par l'appel spectaculaire, le défi dramatique à sa volonté : que ses tentations passent devant lui sous un déguisement terne. Elle l'avait protégé contre toutes les formes ordinaires de bassesse ; le point vulnérable résidait plus haut, dans cette région d'égotisme idéalisant qui est le siège de la vie dans de telles natures.

Des années de prévoyance solitaire avaient donné à son esprit une vigilance singulière face à de telles éventualités. Elle comprit immédiatement que le péril de la situation résidait dans le minimum de risque qu'elle comportait. Darrow n'avait employé aucun assistant pour élaborer ses plans pour la compétition, et sa vie recluse rendait presque certain qu'il ne les avait montrés à personne, et que seule elle et Dick savaient qu'ils avaient été achevés. De plus, il faisait partie des devoirs de Dick d'examiner le contenu du bureau de son ami, et en faisant cela, rien ne serait plus facile que de s'emparer des dessins et d'en utiliser toute partie qui pourrait servir son dessein. Il avait l'autorité de Darrow pour le faire ; et bien que l'acte implique une légère atteinte à la probité professionnelle, les souhaits de son ami ne pouvaient-ils pas être invoqués comme une justification secrète ? Mme Peyton se surprit presque à haïr le pauvre Darrow d'avoir été l'instrument inconscient de la tentation de son fils. Mais après tout, avait-elle le droit de soupçonner Dick de considérer, ne serait-ce qu'un instant, l'acte dont elle était si prête à l'accuser ? Son refus de lui montrer les dessins aurait pu être le résultat accidentel de la lassitude et du découragement. Il était fatigué et préoccupé, et elle avait choisi le mauvais moment pour faire la demande. Son manque de préparation pourrait même être dû au désir de lui cacher dans quelle mesure son ami l'avait surpassé. Elle connaissait sa sensibilité à ce sujet et se reprochait de ne pas l'avoir prévu. Mais ses propres arguments ne parvenaient pas à la convaincre. Profondément enfoui sous son amour pour son fils et sa foi en lui, subsistait un doute innommable. Elle pouvait à peine maintenant, en regardant en arrière, définir l'impulsion sur laquelle elle avait épousé Denis Peyton : elle savait seulement que les profondeurs de sa nature avaient été relâchées, et qu'elle avait été portée en avant sur leur courant jusqu'au destin même auquel son cœur reculait. Mais si, d'une certaine manière, son mariage restait un problème, il y en avait un autre où sa maternité semblait le résoudre. Elle n'avait jamais perdu le sentiment d'avoir arraché son enfant à quelque péril indéfinissable qui rôdait encore et planait ; et il devenait de plus en plus le sien à chaque effort de son amour vigilant. Car l'acte de sauvetage n'avait pas été accompli une fois pour toutes dans le moment de l'immolation : ce n'avait pas été par un coup soudain d'héroïsme, mais par un effort sans cesse renouvelé et infatigable, qu'elle avait érigé pour lui l'abri miraculeux de son amour. Et maintenant qu'il était là, un refuge sanctifié contre l'échec, elle ne pouvait même pas y mettre une lumière dans le volet, mais devait le laisser tâtonner son chemin jusqu'à lui sans aide.

V

75

Les méditations nocturnes de Mme Peyton se résument dans la conclusion que les prochaines heures mettraient fin à son incertitude. Elle sentait que la journée était décisive. Si Dick proposait de lui montrer les dessins, ses craintes seraient infondées ; s'il évitait le sujet, elles étaient justifiées.

Elle se vêtît tôt afin de ne pas le rater au petit déjeuner, mais en entrant dans la salle à manger, la femme de chambre lui dit que M. Peyton s'était levé tard et avait demandé à ce que son petit déjeuner lui soit monté. Était-ce un prétexte pour l'éviter ? Elle était contrariée par sa propre propension à voir un présage dans le moindre incident ; mais tout en rougissant de ses doutes, elle les laissait la guider. Elle laissa la porte de la salle à manger ouverte, déterminée à ne pas le manquer s'il descendait pendant qu'elle prenait son petit déjeuner ; puis elle retourna au salon et s'assit à son bureau, essayant de s'occuper de quelques comptes tout en écoutant son pas. Là aussi, elle avait laissé la porte ouverte ; mais bientôt même cette légère dérogation à ses habitudes quotidiennes semblait être une déviation de l'attitude passive qu'elle avait adoptée, et elle se leva pour fermer la porte. Elle savait qu'elle pouvait encore entendre son pas dans les escaliers - il avait le pas rapide et balancé de son père - mais alors qu'elle était assise à écouter et à essayer vainement d'écrire, la porte fermée semblait symboliser un refus de participer à son épreuve, un durcissement de soi contre son besoin d'elle. Et s'il descendait avec l'intention de parler et était détourné de son but ? Des obstacles plus légers ont dévié le cours des événements dans ces moments indéterminés où l'âme flotte entre deux marées. Elle se leva rapidement et, au moment où sa main touchait le loquet, elle entendit son pas dans les escaliers.

Quand il entra dans le salon, elle avait repris sa place à son bureau et put lui adresser un visage calme. Il entra précipitamment, mais avec une sorte de réticence sous sa hâte : encore une fois, c'était le pas de son père. Elle sourit, mais détourna le regard de lui en s'approchant ; elle semblait revivre son propre passé comme on revit les choses dans la distorsion de la fièvre.

"Tu t'en vas déjà ?" demanda-t-elle en jetant un coup d'œil au chapeau qu'il tenait à la main.

"Oui ; je suis déjà en retard. Je me suis levé tard." Il fit une pause et regarda vaguement autour de la pièce. "N'attends pas mon retour avant tard - ne m'attends pas pour dîner."

Elle remua impulsivement. "Dick, tu travailles trop - tu vas te rendre malade."

"Des bêtises. Je vais aussi bien que d'habitude ce matin. Ne t'imagine pas des choses."

Il déposa son baiser habituel sur son front et se tourna pour partir. Sur le seuil, il fit une pause, et elle sentit que quelque chose en lui la cherchait puis reculait. "Au revoir," lui lança-t-il alors que la porte se refermait sur lui.

Elle s'assit et essaya de voir la situation débarrassée de ses craintes nocturnes. Il n'avait pas mentionné son désir de voir les dessins : mais que signifiait cette omission ? N'aurait-il pas oublié sa demande ? N'était-elle pas en train de forcer les détails les plus triviaux à coller avec ses appréhensions ? Malheureusement pour sa propre tranquillité d'esprit, elle savait que sa familiarité avec les processus de Dick était basée sur une observation minutieuse, et que, pour une intimité comme la leur, aucune indication n'était anodine. Elle était aussi certaine que s'il n'avait pas parlé, c'était parce qu'en quittant la maison ce matin-là, il envisageait la possibilité d'utiliser les dessins de Darrow, de compléter son propre projet incomplet avec l'inventivité de son ami. Et avec un pincement amer, elle devina qu'il regrettait de lui avoir montré la lettre de Darrow.

Il était impossible de rester face à de telles conjectures, et bien qu'elle ait annulé tous ses engagements au cours des quelques jours depuis la mort de Darrow, elle se réfugia maintenant dans l'idée d'un concert qui devait avoir lieu chez une amie ce matin-là. La salle de musique, lorsqu'elle y entra, était pleine de connaissances, et elle trouva un soulagement temporaire dans cette dispersion d'attention qui fait de la société un anesthésique pour certaines formes de malheur. Le contact avec la pression de la vie indifférente et occupée donne souvent de la distance aux questions qui se sont accrochées aussi étroitement que la chair à l'os ; et si Mme Peyton ne trouva pas une libération complète, elle interposa au moins entre elle et son anxiété l'obligation de la dissimuler. Mais le soulagement ne fut que momentané, et lorsque les premières mesures de l'ouverture la privèrent des sourires de reconnaissance parmi lesquels elle avait essayé de se perdre, elle ressentit un sentiment plus profond d'isolement. La musique, qui a un autre moment l'aurait emportée sur un riche courant d'émotion, semblait maintenant l'isoler dans ses propres pensées, créer une solitude artificielle dans laquelle elle se trouvait face à face de manière plus irrémédiable avec ses craintes. Le silence, le recueillement autour d'elle donnaient résonance aux voix intérieures, lucidité à la vision intérieure, jusqu'à ce qu'elle se sente enfermée dans un horizon lumineux vide contre lequel chaque possibilité prenait le tranchant net du fait accompli. Avec une précision impitoyable, le déroulement des événements se dévoilait devant elle : elle voyait Dick céder à son opportunité, arracher la victoire à l'infamie, gagner l'amour, le bonheur et le succès dans l'acte par lequel il se perdait lui-même. C'était si simple, si facile, si inévitable, qu'elle sentait la futilité de lutter ou d'espérer contre cela. Il remporterait la compétition, épouserait Miss Verney, presserait vers la réussite à travers l'ouverture que le premier succès lui avait ouverte.

Au moment où Mme Peyton atteignait ce point dans sa prévision, son regard extérieur fut arrêté par le visage de la jeune dame qui dominait ainsi sa vision intérieure. Miss Verney, quelques rangées plus loin, était absorbée par la musique, dans cette attitude de mouvement équilibré qui était son plus proche équivalent au repos. Son profil mince et brun avec ses cheveux venteux, son regard vif et ses lèvres qui semblaient écouter autant que parler, tout indiquait à Mme Peyton une nature à travers laquelle les énergies évidentes soufflaient librement, une étendue de conscience nue et ouverte sans abri pour des croissances plus tendres. Elle frissonna en pensant aux scrupules fragiles de Dick exposés à ces brises bruissantes. Et puis, soudain, une nouvelle pensée lui vint. Et si elle pouvait tourner cette force à son propre avantage, la faire servir, inconsciemment pour Dick, comme moyen de sa délivrance ? Jusqu'à présent, elle avait supposé que le pire danger de son fils résidait dans la possibilité qu'il confie sa difficulté à Clémence Verney ; et elle avait, dans son propre passé, un précédent qui la faisait penser qu'une telle confiance n'était pas improbable. Si, en effet, il partageait ses scrupules avec la fille, elle argumentait, l'impénétrabilité de cette dernière, son incapacité franche à les comprendre, aurait pour effet de les dissiper comme de la brume ; et il était assez perspicace pour le savoir et en profiter. C'est ainsi qu'elle avait jusqu'à présent raisonné ; mais maintenant, la présence de la fille semblait clarifier ses perceptions, et elle se disait que quelque chose dans la nature de Dick, quelque chose qu'elle-même y avait mis, résisterait à ce raccourci vers la sécurité, le ferait prendre le chemin plus tortueux vers son but plutôt que de l'atteindre par les privautés du cœur qu'il aimait. Car elle l'avait élevé jusqu'ici au-dessus de son père, et il serait une désillusion pour lui de découvrir que Clémence Verney ne partageait pas ses scrupules. Sur cela, sa mère se sentait triomphalement sûre, elle pouvait compter dans sa lutte passive pour la suprématie. Non, il ne dirait jamais, jamais à Clémence Verney - et son unique espoir, sa sûre rédemption, résidait donc dans le fait que quelqu'un d'autre lui dirait.

L'excitation de cette découverte avait failli, en plein concert, la faire quitter son siège pour se rendre près de la jeune fille. Craignant de la rater dans la foule à l'entrée, elle sortit pendant le dernier numéro et, attendant dans le salon plus éloigné, laissa le public dispersé la diriger dans la direction de Miss Verney. La fille rayonna sympathiquement à son approche, et en un instant, elles se détachèrent de la foule et se réfugièrent dans le vide parfumé de la serre.

La jeune fille, dont les sensations étaient toujours facilement mises en mouvement, eut d'abord beaucoup à dire sur la musique, pour laquelle elle réclama, de la part de son interlocutrice, une manifestation active d'approbation ou de désaccord ; mais cela fait, elle tourna un visage fondu vers Mme Peyton et dit d'une de ses modulations rapides de ton : "J'étais tellement désolée pour le pauvre M. Darrow."

Mme Peyton émit un soupir assentiment. "C'était une grande peine pour nous - une grande perte pour mon fils."

"Oui - je sais. Je peux imaginer ce que vous avez dû ressentir. Et puis c'était tellement malheureux que cela devait arriver juste maintenant."

Mme Peyton jeta un regard de reconnaissance à son profil. "Sa mort, vous voulez dire, à la veille du succès ?"

Miss Verney lui adressa un sourire franc. "On devrait ressentir cela, bien sûr - mais j'ai bien peur d'être très égoïste en ce qui concerne mes amis, et je pensais au fait que M. Peyton devait abandonner son travail à un moment si critique." Elle parlait sans une note de dépréciation : il y avait une fraîcheur païenne dans son opportunisme.

Mme Peyton resta silencieuse, et la jeune fille reprit après une pause : "Je suppose maintenant qu'il sera presque impossible pour lui de terminer ses dessins à temps. C'est dommage qu'il n'ait pas élaboré tout le schéma un peu plus tôt. Alors les détails seraient venus d'eux-mêmes."

Mme Peyton ressentit un mépris étrangement mêlé d'exultation. Si seulement la jeune fille pouvait parler de cette manière à Dick !

"Il n'a guère eu le temps de penser à lui-même dernièrement," dit-elle, essayant de garder le froid hors de sa voix.

"Non, bien sûr," acquiesça Miss Verney ; "mais n'est-ce pas d'autant plus une raison pour que ses amis pensent à lui ? C'était très cher de sa part de tout abandonner pour soigner M. Darrow - mais, après tout, si un homme veut réussir dans sa carrière, il y a des moments où il doit penser d'abord à lui-même."

Mme Peyton fit une pause, essayant de choisir ses mots avec délibération. Il était maintenant tout à fait clair que Dick n'avait pas parlé, et elle ressentait la responsabilité qui pesait sur elle.

"Réussir dans une carrière - est-ce toujours la première chose à considérer ?" demanda-t-elle, laissant ses yeux se poser pensivement sur la jeune fille.

Le regard ne déconcerta pas Miss Verney, qui le lui rendit avec une compréhension égale. "Oui," dit-elle rapidement, avec un léger rougissement. "Avec un tempérament comme celui de M. Peyton, je crois que c'est le cas. Certaines personnes peuvent se relever après un nombre quelconque de mauvaises chutes : je ne suis pas sûre qu'il le puisse. Je pense que le découragement l'affaiblirait au lieu de le renforcer."

Les deux femmes avaient oublié les conditions externes dans la rapide atteinte aux significations l'une de l'autre. Mme Peyton rougit, sa fierté maternelle en révolte ; mais la réponse fut interrompue sur ses lèvres par le sentiment de l'acuité inattendue de la jeune fille. Voici quelqu'un qui connaissait Dick aussi bien qu'elle - devait-elle dire un partisan ou un complice ? Une jalousie sourde s'agitait sous les autres émotions de Mme Peyton : elle subissait l'agonie que ressent la mère à la première intrusion sur son privilège de juger son enfant ; et sa voix eut un frémissement de ressentiment.

"Vous devez avoir une bien pauvre opinion de son caractère," dit-elle.

Miss Verney ne détourna pas son regard, mais son rougissement s'approfondit magnifiquement. "J'ai, en tout cas," dit-elle, "une haute opinion de son talent. Je ne pense pas que beaucoup d'hommes aient une quantité égale d'énergie morale et intellectuelle."

"Et vous cultiveriez l'un aux dépens de l'autre ?"

"Dans certains cas, et jusqu'à un certain point." Elle secoua le long poil de sa manchette, l'un de ces poils argentés et flexibles qui habillent une femme d'une somptuosité délicate. Tout chez elle, à ce moment, semblait riche et froid - tout, comme Mme Peyton le nota rapidement, sauf le rougissement persistant sous sa peau foncée ; et la maîtrise complète de la jeune fille était telle que le rougissement semblait être là seulement parce qu'il avait été oublié.

"Je suppose que vous me trouvez étrange," continua-t-elle. "La plupart des gens le pensent, parce que je dis la vérité. C'est le moyen le plus facile de cacher ses sentiments. Je peux, par exemple, parler tout à fait ouvertement de M. Peyton à l'abri de votre supposition que je ne le ferais pas si j'étais ce qu'on appelle 'intéressée' par lui. Et comme je le suis, ma méthode a ses avantages !" Elle conclut avec l'un des rires tremblants qui semblaient voltiger d'un point à l'autre de sa personne expressive.

Mme Peyton se pencha vers elle. "Je crois que vous êtes intéressée", dit-elle tranquillement ; "et comme je suppose que vous accordez aux autres le privilège que vous revendiquez pour vous-même, je vais avouer que je vous ai suivie ici dans l'espoir de découvrir la nature de votre intérêt."

Miss Verney lui lança un regard et s'éloigna dans un doux affaissement de fourrures ondulantes.

"Est-ce une ambassade ?" demanda-t-elle en souriant.

"Non : en aucun sens."

La jeune fille se détendit avec un air de soulagement. "Tant mieux ; cela m'aurait déplu..." Elle regarda de nouveau Mme Peyton. "Vous voulez savoir ce que je compte faire ?"

"Oui."

"Alors, je ne peux répondre que je compte attendre de voir ce qu'il fait."

"Vous voulez dire que tout dépend de son succès ?"

"Je, si je suis tout," admit-elle joyeusement.

Le cœur de la mère battait dans sa gorge, et ses paroles semblaient se forcer à sortir à travers les pulsations.

"Je... je ne vois pas très bien pourquoi vous attachez une telle importance à ce succès particulier."

"Parce que lui le fait", répondit la jeune fille instantanément. "Parce que pour lui, c'est la réponse finale à son auto-questionnement - la question de savoir s'il doit devenir quelque chose ou non. Il dit que s'il a quelque chose en lui, cela devrait se manifester maintenant. Toutes les conditions sont favorables - c'est la chance qu'il a toujours priée. Vous comprenez", continua-t-elle, presque en toute confiance, mais sans la moindre perte de contenance - "vous comprenez, il m'a beaucoup parlé de lui-même et de ses diverses expériences - ses périodes d'indécision et de dégoût. Il y a beaucoup de talents hésitants dans le monde, et plus tôt ils sont écrasés par les circonstances, mieux c'est. Mais il semble que lui ait vraiment en lui quelque chose pour faire quelque chose de remarquable - comme si l'incertitude résidait dans son caractère et non dans son talent. C'est ce qui m'intéresse, ce qui m'attire. On ne peut pas apprendre à un homme à avoir du génie, mais s'il l'a, on peut lui montrer comment l'utiliser. C'est pour cela que je pourrais être utile, vous comprenez - pour le maintenir à la hauteur de ses opportunités."

Mme Peyton avait écouté avec une intensité d'attention qui laissait sa réponse impréparée. Il y avait quelque chose de choquant et pourtant à moitié attirant dans l'aveu de principes qui sont plus souvent vécus que professés.

"Et vous pensez," commença-t-elle finalement, "que dans ce cas, il a manqué à son opportunité ?"

"Personne ne peut dire, bien sûr ; mais son découragement, son abattement, est un mauvais signe. Je ne pense pas qu'il ait aucun espoir de réussir."

La mère vacilla de nouveau un moment. "Puisque vous êtes si franche", dit-elle alors, "me permettrez-vous d'être tout aussi franche et de demander depuis quand vous l'avez vu ?"

La jeune fille sourit à la circonlocution. "Hier après-midi", dit-elle simplement.

"Et vous l'avez trouvé..."

"Affreusement malchanceux. Il a dit lui-même que son cerveau était vide."

Encore une fois, Mme Peyton sentit le battement dans sa gorge, et un lent rougissement monta à sa

Joue. "C'était tout ce qu'il a dit ?"

"À propos de lui-même - y avait-il quelque chose d'autre ?" dit rapidement la jeune fille.

"Il ne vous a rien dit d'une opportunité de rattraper le temps qu'il a perdu ?"

"Une opportunité ? Je ne comprends pas."

"Il ne vous a donc pas parlé de la lettre de M. Darrow ?"

"Il n'a rien dit d'aucune lettre."

"Il y en a eu une, qui a été trouvée après la mort de M. Darrow. Il y donnait à Dick la permission d'utiliser son dessin pour le concours. Dick dit que le dessin est merveilleux - cela lui donnerait exactement ce dont il a besoin."

Miss Verney était assise en écoutant avec attention, avec un afflux de couleur qui la baignait comme une lumière.

"Mais quand cela s'est-il passé ? Où la lettre a-t-elle été trouvée ? Il n'en a jamais dit un mot !" s'exclama-t-elle.

"La lettre a été trouvée le jour de la mort de Darrow."

"Mais je ne comprends pas ! Pourquoi ne me l'a-t-il jamais dit ? Pourquoi devrait-il sembler si désespéré ?" Elle tourna un visage ignorant et suppliant vers Mme Peyton. C'était prodigieux, mais c'était vrai - elle ne ressentait rien, ne voyait rien, que le fait brut de l'opportunité.

La voix de Mme Peyton tremblait de l'ampleur de son triomphe. "Je suppose que sa raison de ne pas en parler est qu'il a des scrupules."

"Des scrupules ?"

"Il estime que l'utilisation du dessin serait malhonnête."

Les yeux de Miss Verney se fixèrent sur elle dans un regard compatissant. "Malhonnête ? Quand le pauvre homme le souhaitait lui-même ? Quand c'était sa dernière demande ? Quand la lettre est là pour le prouver ? Le dessin appartient à votre fils ! Personne d'autre n'avait aucun droit sur lui."

"Mais le droit de Dick ne s'étend pas à le présenter comme le sien - du moins c'est son sentiment, je crois. S'il remportait le concours, ce serait en le remportant sûr de fausses prétentions."

"Pourquoi devriez-vous les appeler de fausses prétentions ? Son dessin aurait pu être meilleur que celui de Darrow s'il avait eu le temps de le réaliser. Il me semble que M. Darrow doit avoir ressenti cela - doit avoir ressenti qu'il devait à son ami une certaine compensation pour le temps qu'il lui avait pris. Je ne peux rien imaginer de plus naturel que son désir de rendre cette compensation pour le sacrifice de votre fils."

Elle rayonnait littéralement de la force de sa conviction, et Mme Peyton, pendant un étrange instant, sentit sa propre résistance vaciller. Elle n'avait jamais considéré la question sous cet angle - celui de Darrow considérant son don comme une compensation justifiable. Mais l'aperçu qu'elle en eut le poussa frissonnant derrière ses retranchements.

"Cet argument," dit-elle froidement, "serait naturellement plus convaincant pour Darrow que pour mon fils."

Miss Verney leva les yeux, frappée par le changement de voix de Mme Peyton.

"Ah, donc vous êtes d'accord avec lui ? Vous pensez que ce serait malhonnête ?"

Mme Peyton vit qu'elle avait glissé dans une auto-trahison. "Mon fils et moi n'avons pas parlé de la question", dit-elle évasivement. Elle perçut l'éclair de soulagement sur le visage de Miss Verney.

"Vous n'avez pas parlé ? Alors comment savez-vous ce qu'il en pense ?"

"Je juge seulement de - eh bien, peut-être de son silence."

La jeune fille inspira profondément. "Je vois", murmura-t-elle. "C'est précisément la raison qui l'empêche de parler."

"La raison ?"

"Le fait que vous connaissiez sa pensée - et qu'il sache que vous la connaissez."

Mme Peyton fut surprise par sa subtilité. "Je vous assure", dit-elle en se levant, "que je n'ai rien fait pour l'influencer."

La jeune fille la contempla avec réflexion. "Non", dit-elle avec un léger sourire, "rien, sauf lire ses pensées."

VI

87

Madame Peyton rentra chez elle dans un état d'épuisement qui suit un combat physique. Il lui semblait que sa conversation avec Clémence Verney avait été un véritable combat, une mesure de force entre poignet et œil. Pendant un moment, elle eut peur de ce qu'elle avait fait – elle avait l'impression d'avoir trahi son fils envers l'ennemi. Mais bientôt, elle retrouva son équilibre moral et réalisa qu'elle avait simplement déplacé le conflit sur le terrain où il pouvait être le mieux résolu – puisque le prix en jeu était le champ de bataille naturel. La réaction lui apporta un sentiment d'impuissance, une prise de conscience qu'elle avait laissé l'enjeu lui échapper, mais puisque, en dernière analyse, il n'avait jamais reposé entre ses mains, puisqu'il était surtout nécessaire que le coup déterminant soit donné par une main autre que la sienne, elle trouva bientôt le courage de se résigner à l'inaction. Elle avait fait tout ce qu'elle pouvait – même peut-être plus que la prudence ne le permettait – et maintenant elle ne pouvait qu'attendre passivement le travail des forces qu'elle avait mises en mouvement.

Pendant deux jours après sa conversation avec Mlle Verney, elle ne vit que peu Dick. Il partait tôt pour son bureau et rentrait tard. Il semblait moins fatigué, plus maître de lui-même, que lors des premiers jours après la mort de Darrow ; mais il y avait une nouvelle opacité dans son attitude, une note de réserve, de résistance presque, comme s'il s'était retranché contre ses conjectures. Elle avait été frappée par la réponse de Mlle Verney à l'assertion anxieuse selon laquelle elle n'avait rien fait pour influencer Dick – "Rien", avait répondu la jeune fille, "sauf lire ses pensées". Madame Peyton recula devant cette détection d'une interférence tacite avec la liberté d'action de son fils. Elle désirait – avec quelle passion il ne le saurait jamais – se tenir à l'écart de lui dans cette lutte entre ses deux destins, et c'était presque un soulagement qu'il, de son côté, se tienne à l'écart, qu'il semble, pour la première fois de leur relation, ressentir sa tendresse comme une intrusion.

Il ne restait que quatre jours avant la date fixée pour la remise des projets, et Dick n'avait toujours pas fait référence à son travail. De

Darrow non plus, il n'avait rien dit. Sa mère désirait savoir s'il avait parlé à Clémence Verney – ou plutôt si la jeune fille avait forcé sa confidence. Madame Peyton était presque certaine que Mlle Verney ne resterait pas silencieuse – il y avait des moments où le renouveau de l'application de Dick à son travail semblait une preuve de sa part qu'elle avait parlé, et parlé de manière convaincante. À cette pensée, le cœur de Kate se refroidissait. Et si son expérience réussissait d'une manière qu'elle n'avait pas prévue ? Si la jeune fille parvenait à réconcilier Dick avec sa faiblesse, à arracher l'aiguillon de sa tentation ? Dans ce tourbillon d'incertitudes, la mère tourna pendant deux jours interminables ; mais le deuxième soir apporta une réponse à sa question.

Dick, rentrant plus tôt que d'habitude du bureau, avait trouvé sur la table du hall une note qui, depuis le matin, était sous l'observation de sa mère. L'enveloppe, élégante de couleur et de texture, était adressée d'une main staccato rapide qui semblait être l'empreinte même de l'élocution de Mlle Verney. Madame Peyton ne connaissait pas l'écriture de la jeune fille ; mais de telles notes avaient assez souvent reposé sur la table du hall ces derniers temps pour rendre leur attribution facile. Ce message, Dick, tandis que sa mère versait son thé, le survola avec un visage de lumières changeantes ; puis il le replia dans son porte-documents et dit, en jetant un coup d'œil à sa montre : "Si tu n'as invité personne ce soir, je pense que je dînerai dehors."

"Fais-le, mon chéri ; le changement te fera du bien", approuva sa mère.

Il ne fit aucune réponse, mais resta assis en arrière, les mains croisées derrière la tête, les yeux fixés sur le feu. Chaque ligne de son corps exprimait une profonde lassitude physique, mais le visage restait alerte et gardé. Madame Peyton, en silence, s'occupait des détails de la préparation du thé, quand soudainement, inexplicablement, une question se pressa à ses lèvres.

"Et ton travail... ?" dit-elle, s'entendant étrangement parler.

"Mon travail... ?" Il se redressa, presque sur la défensive, mais sans un frémissement du visage gardé.

"Tu progresses bien ? Tu as rattrapé le temps perdu ?"

"Oh, oui : les choses vont mieux." Il se leva, jetant un autre coup d'œil à sa montre. "Il est temps de se préparer", dit-il en lui faisant un signe de tête alors qu'il se dirigeait vers la porte.

Une heure plus tard, pendant son propre dîner solitaire, une sonnerie à la porte fut suivie de l'annonce de la femme de chambre que M. Gill était là depuis le bureau. Dans le hall, en effet, Kate trouva le partenaire de son fils, qui s'expliqua avec des excuses qu'il avait compris que Peyton dînait à la maison et qu'il était venu le consulter au sujet d'une difficulté survenue depuis son départ du bureau. En apprenant que Dick était sorti et que sa mère ne savait pas où il était allé, la perplexité de M. Gill devint si manifeste que Mme Peyton, après un moment, dit hésitante : "Il peut être chez un ami ; je pourrais vous donner l'adresse."

L'architecte attrapa son chapeau. "Merci ; je vais essayer de le trouver."

Mme Peyton hésita de nouveau. "Peut-être," suggéra-t-elle, "serait-il préférable de téléphoner."

Elle conduisit l'architecte dans le petit bureau derrière le salon, où un téléphone était posé sur le bureau d'écriture. Les portes pliantes entre les deux pièces étaient ouvertes : devait-elle les fermer en passant dans le salon ? Sur le seuil, elle hésita un instant ; puis elle marcha et prit sa place habituelle près du feu.

Gill, pendant ce temps, au téléphone, avait "appelé" la maison Verney et demandé si son associé dînait là. La réponse était visiblement affirmative ; et un moment plus tard, Kate sut qu'il était en communication avec son fils. Elle resta immobile, les mains serrées sur les accoudoirs de sa chaise, la tête droite, dans une attitude d'attention avouée. Si elle écoutait, elle écouterait ouvertement : il ne devait y avoir aucun soupçon d'espionnage. Gill, absorbé par son message, n'était probablement presque pas conscient de sa présence ; mais s'il tournait la tête, il ne devrait au moins avoir aucune difficulté à la voir, et à savoir qu'elle pouvait entendre ce qu'il disait. Gill, cependant, comme elle se rappela rapidement, ignorait sans doute tout besoin de discrétion dans sa communication à Dick. Il avait souvent entendu discuter ouvertement des affaires du bureau devant Mme Peyton, avait été amené à la considérer comme familière avec tous les détails du travail de son fils. Il parlait avec insouciance, et elle écoutait.

Dix minutes plus tard, lorsqu'il se leva pour partir, elle savait tout ce qu'elle voulait découvrir. Une longue familiarité avec les aspects techniques de la profession de son fils facilitait pour elle la traduction du jargon sténographique du bureau. Elle pouvait allonger toutes les abréviations de Gill, interpréter toutes ses allusions et reconstruire les réponses de Dick à partir des questions qui lui étaient posées. Et lorsque la porte se referma sur l'architecte, elle se retrouva face au fait que son fils, inconnu de tous sauf d'elle-même, utilisait les dessins de Darrow pour compléter son travail.

* * * * *

Madame Peyton, laissée seule, trouva plus facile de poursuivre sa veille près du feu du salon que de monter dans l'obscurité et le silence de sa propre chambre avec la vérité qu'elle avait pris tant de peine à acquérir. Elle n'avait aucune pensée de rester éveillée pour Dick. Sans doute, son dîner terminé, il rejoindrait Gill au bureau et prolongerait à travers la nuit la tâche dans laquelle elle le savait maintenant engagé. Mais c'était moins solitaire près du feu que dans l'obscurité grand ouverte qui l'attendait en haut. Une solitude mortelle l'enveloppait. Elle avait l'impression d'être tombée en chemin, épuisée et brisée dans une lutte dont même son objet avait été inconscient. Elle avait essayé de détourner le cours naturel des événements, elle avait sacrifié son bonheur personnel à un idéal fantastique du devoir, et c'était sa punition d'être laissée seule avec son échec, en dehors du courant normal des efforts et des regrets humains.

Elle n'avait pas envie de voir son fils à ce moment-là : elle aurait préféré laisser le tumulte intérieur se calmer, se réapproprier cette nouvelle adaptation à la vie, avant de rencontrer à nouveau son regard. Mais alors qu'elle était assise là, loin de toute misère, elle fut réveillée par le tour de clé dans la serrure. Elle se leva d'un bond, son cœur battant la retraite, mais ses facultés trop dispersées pour lui obéir ; et tandis qu'elle restait là, hésitant, la porte s'ouvrit et il entra dans la pièce.

Dans la pièce, et avec le visage illuminé : un Dick qu'elle n'avait pas vu depuis que la tension du combat l'avait assombri. Maintenant, il brillait comme dans un lever de soleil de victoire, tendant des mains triomphantes desquelles elle reculait instinctivement.

"Maman ! Je savais que tu m'attendrais !" Il l'avait maintenant contre son sein, et ses baisers étaient dans ses cheveux. "J'ai toujours dit que tu savais tout ce qui m'arrivait, et maintenant tu as deviné que j'avais besoin de toi ce soir."

Elle luttait faiblement contre les chers témoignages d'affection. "Qu'est-ce qui s'est passé ?" murmura-t-elle, reculant pour le regarder éblouie.

Il l'avait attirée vers le canapé, s'était laissé tomber à côté d'elle, reprenant sa prise sur elle dans le besoin juvénile que son bonheur soit touché et manipulé.

"Ma demande en mariage est arrivée !" Il lui cria. "Ma chère idiote, as-tu besoin qu'on te le dise ?"

VII

Elle avait vraiment besoin de l'apprendre : la surprise était complète et écrasante. Elle resta silencieuse sous le choc, ses mains tremblantes dans les siennes, jusqu'à ce que le sang monte à son visage et qu'elle sente son étreinte confiante se relâcher.

"Tu ne l'as pas deviné, alors ?" s'exclama-t-il, se levant et s'éloignant d'elle.

"Non, je ne l'ai pas deviné", avoua-t-elle d'une voix éteinte.

Il se tenait au-dessus d'elle, à moitié provocateur, à moitié défensif. "Et tu n'as pas un mot à me dire ? Maman !" l'adjura-t-il.

Elle se leva aussi, passant ses bras autour de lui avec un baiser. "Dick ! Cher Dick !" murmura-t-elle.

"Elle pense que tu ne l'aimes pas ; elle dit qu'elle l'a toujours ressenti. Et pourtant, elle reconnaît que tu as été charmante, que tu as essayé de te lier d'amitié avec elle. Et je pensais que tu savais combien cela signifierait pour moi, en ce moment, d'avoir cette incertitude derrière nous, et que tu avais réellement essayé de m'aider, de dire un mot gentil pour moi. Je pensais que c'était toi qui l'avais persuadée."

"Moi ?"

"Par ta conversation avec elle l'autre jour. Elle m'a parlé de ta conversation avec elle."

Les mains de sa mère glissèrent de ses épaules et elle s'affaissa de nouveau dans son siège. Elle ressentait la cruauté de son silence, mais seule un murmure inarticulé trouva le chemin de ses lèvres. Avant de parler, elle devait dégager un espace dans le flot suffocant de ses sensations. Pour l'instant, elle ne pouvait que répéter intérieurement que Clémence Verney avait cédé avant le test final, et qu'elle-même était d'une manière ou d'une autre responsable de ce nouvel enchevêtrement du destin. Car elle comprit d'un coup d'œil comment les spirales des circonstances s'étaient resserrées ; et à mesure que son esprit se dégageait, elle était remplie de la perception que c'était précisément cela que la fille avait cherché, c'est pourquoi elle avait conféré la couronne avant la victoire. En se promettant à Dick, elle avait assuré sa promesse en retour : elle l'avait mis en demeure dans une inversion cynique du terme. Kate vit la succession d'événements déployés devant elle comme sur une carte, et la finesse de la politique de la fille l'effraya. Miss Verney avait mené la campagne comme une stratège. Elle avait franchement avoué que son intérêt pour l'avenir de Dick dépendait de sa capacité à réussir, et afin de le pousser à sa première réalisation, elle lui avait donné un avant-goût de ses résultats.

Tout cela était presque immédiatement clair pour Mme Peyton ; mais en un instant, ses déductions l'avaient conduite un peu plus loin. Car il était maintenant évident pour elle que Miss Verney n'avait pas pris autant de risques sans d'abord essayer de parvenir à ses fins à moindre coût : si elle avait dû se donner en prix, c'était parce qu'aucun autre appât n'avait été suffisant. Cela signifiait alors, comme la mère le comprit avec un battement d'espoir, que Dick, qui depuis la mort de Darrow avait maintenu sa résolution de manière inébranlable, avait été détourné par la première allusion à la complicité de Clémence Verney. Kate n'avait pas fait erreur : les choses s'étaient passées comme elle l'avait prévu. À la lumière de l'approbation de la fille, son acte avait pris une allure odieuse. Il s'en était éloigné, et c'était pour ranimer son courage défaillant qu'elle avait dû se promettre, le prendre dans les mailles de sa reddition.

Kate, levant les yeux, vit au-dessus d'elle la jeune perplexité du visage de son fils, le bonheur suspendu attendant de déborder. Avec une nouvelle touche de misère, elle se dit que c'était son heure, son seul moment irrécupérable, et qu'elle l'assombrissait par son silence. Sa mémoire remonta à la même heure de sa propre vie : elle pouvait encore sentir sa chaleur dans ses pulsations. Quel droit avait-elle de se tenir dans la lumière de Dick ? Qui était-elle pour décider entre son code et le sien ? Elle tendit la main et le tira vers elle.

"Elle va faire de moi ce que je suis, tu sais, maman", dit-il, alors qu'ils se penchaient l'un vers l'autre. "Elle va insuffler une nouvelle vie en moi, elle m'aidera à retrouver mon second souffle. Sa conversation est comme une brise fraîche qui chasse le brouillard dans ma tête. Je n'ai jamais connu personne qui voit aussi clair au cœur des choses, qui a une telle emprise sur les valeurs. Elle va droit au cœur de la vie et s'en empare, et on ne peut tout simplement pas la faire lâcher prise."

Il se leva et traversa la pièce ; puis il revint et se tint debout en souriant au-dessus de sa mère.

"Tu sais, toi et moi, nous sommes des gens plutôt compliqués", dit-il. "Nous contournons toujours les choses pour en obtenir de nouveaux points de vue, nous réorganisons toujours le mobilier. Et d'une certaine manière, elle simplifie tellement la vie." Il s'assit à côté d'elle avec un rire de dépréciation. "Non pas que je veuille dire, chère, que ce n'ait pas été bon pour moi de discuter des choses avec moi-même, comme tu m'y as enseigné, seulement l'homme qui s'arrête pour parler à tendance à être écarté de nos jours, et je ne crois pas que les archanges de Milton auraient eu beaucoup de succès dans les affaires actives."

Il avait commencé sur un ton de confiance décontractée, mais à mesure qu'il continuait, elle détecta un effort pour maintenir la note, elle sentit que ses paroles étaient versées dans une vaine tentative de combler le silence qui s'approfondissait entre eux. À son tour, elle désirait verser quelque chose dans ce vide menaçant, le combler avec un mot ou un regard réconciliant ; mais son âme hésitait, et elle dut se réfugier dans un murmure vague de tendresse.

"Mon fils ! Mon fils !" répéta-t-elle ; et il s'assit à côté d'elle sans parler, leur poignée de main seule enjambant la distance qui s'était élargie entre leurs pensées.

* * * * *

Comme Kate l'a appris par la suite, l'annonce de l'engagement ne devait pas être faite immédiatement. Miss Verney avait même stipulé qu'il ne devait y avoir aucune reconnaissance de celui-ci dans sa propre famille ni dans celle de Dick pour le moment. Elle ne souhaitait pas interférer avec son travail final pour la compétition et l'avait fait promettre, comme il l'avouait en riant, qu'il ne la verrait pas à nouveau avant l'envoi des dessins. Sa mère remarqua qu'il ne faisait aucune autre allusion à son travail ; mais quand il lui dit bonne nuit, il ajouta qu'il ne la verrait peut-être pas le lendemain matin, car il devait se rendre au bureau tôt. Elle prit cela comme une indication qu'il souhaitait être laissé seul et resta dans sa chambre le lendemain jusqu'à ce que la porte refermée lui indique qu'il était sorti de la maison.

Elle s'était elle-même réveillée tôt, et il lui semblait que la journée était déjà vieille quand elle descendit. Jamais la maison ne lui avait paru aussi vide. Même lors des absences les plus longues de Dick, quelque chose de sa présence avait toujours plané dans les pièces : une fine poussière de souvenirs et d'associations, qui ne demandait qu'à être évoquée par sa pensée pour se transformer en une ressemblance palpable de lui. Mais maintenant, il semblait s'être retiré complètement, avoir rompu chaque fibre par laquelle leurs vies étaient restées liées. Là où le sentiment de sa présence avait été, il n'y avait qu'un vide plus profond : elle se sentait comme si un homme étrange était sorti de sa maison.

Elle erra de pièce en pièce, sans but, essayant de s'ajuster à leur solitude. Elle avait connu une telle solitude auparavant, dans les années où le cœur de la plupart des femmes est le plus rempli ; mais c'était il y a longtemps, et la solitude avait après tout été moins complète, en raison du sentiment qu'elle pouvait encore être comblée. Son fils était venu : sa vie avait débordé ; mais maintenant la marée reflua à nouveau, et elle se retrouva à contempler une étendue dénudée d'années perdues. Perdues ! C'était le coup mortel, le coup duquel il n'y avait pas de guérison. Sa foi et son espoir avaient été des feux follets la guidant vers le désert, son amour un édifice vain érigé sur un sol instable.

Dans sa tournée des pièces, elle arriva enfin dans le bureau de Dick à l'étage. Il était rempli de son enfance : elle pouvait retracer l'histoire de son passé dans ses reliques et survivances bizarres, dans les manuels scolaires qui traînaient sur ses étagères bondées, les photographies d'école et les trophées universitaires accrochés parmi ses trésors plus récents. Toutes ses réussites et ses échecs, ses exaltations et ses incohérences, étaient enregistrés dans la pièce chaleureuse, enchevêtrée et hétérogène. Partout, elle voyait la trace de sa propre main, les vestiges de ses propres pas. C'était elle seule qui détenait le fil conducteur du labyrinthe, qui pouvait se frayer un chemin à travers les confusions et les contradictions de son passé ; et son âme rejetait l'idée que son avenir puisse lui échapper. Elle s'effondra dans le fauteuil d'étudiant usé et cacha son visage dans les papiers sur son bureau.

VIII

99

Le jour demeura dans sa mémoire comme une longue étendue d'heures sans but : des impasses temporelles conduisant à un mur d'inaction.

Vers l'après-midi, elle se souvint qu'elle avait promis de dîner à l'extérieur et d'aller à l'opéra. Au début, elle ressentit que le contact avec la vie serait insupportable ; puis elle recula devant l'idée de s'enfermer avec sa misère. À la fin, elle se laissa dériver passivement sur le courant des événements, suivant la routine mécanique de la journée sans beaucoup de conscience de ce qui se passait.

Au crépuscule, alors qu'elle était assise dans le salon, le journal du soir fut apporté, et en le parcourant, son regard tomba sur un paragraphe qui semblait imprimé en caractères plus vifs que le reste. Il était intitulé, _Le Nouveau Musée de Sculpture_, et en dessous, elle lut : "Les artistes et architectes sélectionnés pour examiner les projets concurrents pour le nouveau Musée commenceront leurs séances lundi, et demain est le dernier jour où les projets peuvent être envoyés au comité. Un grand intérêt est porté sur la compétition, car le site remarquable choisi pour le nouveau bâtiment et la somme exceptionnellement importante votée par la ville pour sa construction offrent un champ inhabituel pour la démonstration de compétence architecturale."

Elle s'adossa, fermant les yeux. C'était comme si une horloge avait sonné, forte et inexorable, marquant une heure irrécupérable. Elle fut saisie d'un désir soudain de retrouver Dick, de tomber à genoux et de plaider avec lui : c'était l'une de ces obsessions physiques contre lesquelles le corps doit raidir ses muscles aussi bien que l'esprit ses pensées. Une fois, elle se leva même pour sonner un taxi ; mais elle retomba, respirant comme après une lutte, et agrippa les accoudoirs de sa chaise pour se retenir.

"Je ne peux que l'attendre, seulement l'attendre," s'entendit-elle dire ; et les mots déclenchèrent les sanglots dans sa gorge.

Finalement, elle monta à l'étage pour se préparer pour le dîner. Une image fantomatique d'elle-même lui fit face dans son miroir de toilette

: elle la regarda accomplir les gestes mécaniques de la toilette, se vêtir, apparemment sans l'aide de son moi réel. Chaque petit acte ressortait nettement contre le fond flou de son cerveau : quand elle parlait à sa femme de chambre, sa voix résonnait de manière extraordinairement forte. Jamais la maison n'avait été aussi silencieuse ; ou, attendez—oui, une fois elle avait ressenti le même silence, une fois quand Dick, dans ses jours d'école, avait été malade d'une fièvre, et elle avait veillé avec lui la nuit décisive. Le silence avait été aussi profond et aussi terrible à l'époque ; et en se préparant, elle avait devant elle la vision de sa chambre, du petit lit dans lequel il reposait, de sa tête agitée creusant un trou dans l'oreiller, son visage si pincé et étranger sous les taches de rousseur familières. C'était peut-être la veille de sa mort qu'elle passait : les médecins l'avaient avertie d'être prête. Et dans le silence, son âme avait combattu pour son garçon, son amour avait plané au-dessus de lui comme des ailes, sa vie abondante, inutile, détestable, avait lutté pour se forcer dans ses veines vides. Et elle avait réussi, elle l'avait sauvé, elle avait versé sa vie en lui ; et à la place de l'étrange enfant qu'elle avait surveillé toute la nuit, à la lumière du jour, elle tenait son propre fils contre sa poitrine.

Cette nuit-là avait autrefois semblé être la plus redoutable de sa vie ; mais elle savait maintenant que c'était l'une des angoisses qui enrichissent, que la passion ainsi dépensée se multiplie quatre fois à partir de ses cendres. Elle n'aurait pas supporté de veiller seule cette nouvelle fois. Elle devait échapper à cette misère stérile, se réfugier dans d'autres vies jusqu'à ce qu'elle retrouve le courage d'affronter la sienne. À l'opéra, à la lueur du premier _entr'acte_, alors qu'elle scrutait la salle, se demandant à travers l'engourdissement de sa misère comment d'autres pouvaient parler, sourire et rester indifférents, il lui semblait que toute l'animation discordante autour d'elle se concentrait soudainement dans le visage de Clémence Verney. Miss Verney était assise en face, à l'avant d'une loge bondée, une loge où le fond en vestes noires se déplaçait continuellement et se renouvelait. Mme Peyton ressentit un battement de colère devant l'air lumineux d'insouciance de la jeune fille. Elle oublia qu'elle aussi parlait, souriait, tendait la main aux nouveaux venus, dans une mimique étudiée de la vie, tandis que son vrai moi jouait sa tragédie en coulisse. Puis il lui vint à l'esprit que, pour Clémence Verney, il n'y avait pas de tragédie dans la situation. Selon les calculs de la jeune fille, Dick était pratiquement assuré de réussir ; et l'échec était pour elle le seul désastre concevable.

Tout au long de l'opéra, le sentiment de cette force opposée, de cette négation de ses propres croyances, s'incrusta dans la conscience de Mme Peyton. L'espace entre elle et la jeune fille semblait disparaître, la foule autour d'eux se disperser, jusqu'à ce qu'ils se retrouvent face à face et seuls, enfermés dans leur inimitié mortelle. Enfin, le sentiment d'humiliation et de défaite devint insupportable pour Mme Peyton. La jeune fille semblait la narguer dans l'insolence de la victoire, être là comme le symbole visible de son échec. Après tout, il valait mieux être chez elle seule avec ses pensées.

En quittant l'opéra, elle pensa à cette autre veillée qui, à seulement quelques rues de là, Dick était peut-être encore en train de faire. Elle se demanda si son travail était terminé, si le coup final avait été porté. Et en l'imaginant là-bas, signant son pacte avec le mal dans la solitude de la nuit complice, une impulsion incontrôlable la posséda. Elle devait passer devant ses fenêtres pour voir si elles étaient toujours éclairées. Elle n'irait pas vers lui, - elle n'osait pas, - mais au moins elle passerait près de lui, partagerait invisiblement sa veille et planerait sur le bord de ses pensées. Elle abaissa la vitre et cria l'adresse au cocher.

Le grand immeuble de bureaux se dressait silencieux et sombre à mesure qu'elle s'approchait ; mais bientôt, en haut, elle aperçut une lumière aux fenêtres familières. Son cœur fit un bond, et la lumière nagea devant elle à travers les larmes. Le carrosse s'arrêta, et pendant un moment elle resta immobile. Puis le cocher se pencha vers elle, et elle vit qu'il lui demandait s'il devait continuer à conduire. Elle essaya de former un oui, mais ses lèvres refusèrent, et elle secoua la tête. Il continua de se pencher perplexement, et finalement, sous l'interrogation de son attitude, il devint impossible de rester assise, et elle ouvrit la porte et descendit. Il était également impossible de rester sur le trottoir, et ses pas la menèrent à la porte du bâtiment. Elle tâtonna pour la sonnette et sonna, se sentant encore vaguement redevable au cocher pour une certaine consécution d'action, et après un moment, le gardien de nuit ouvrit la porte, reculant étonner devant la vision brillante qui le confrontait. Reconnaissant Mme Peyton, qu'il avait vue dans le bâtiment en journée, il essaya de s'adapter à la situation par un vague balbutiement d'excuse.

"Je suis venue voir si mon fils est encore ici", bégaya-t-elle.

"Oui, madame, il est là. Il est resté ici la plupart des soirs récemment jusqu'après minuit."

"Et M. Gill est-il avec lui ?"

"Non : M. Gill est parti juste après mon arrivée ce soir."

Elle leva les yeux dans l'obscurité cavernicole de l'escalier.

"Est-il seul là-haut, pensez-vous ?"

"Oui, madame, je sais qu'il est seul, car j'ai vu ses hommes partir peu de temps après M. Gill."

Kate releva rapidement la tête. "Alors, je vais monter le voir", dit-elle.

Le gardien ne semblait apparemment pas penser qu'il était approprié de faire le moindre commentaire sur cette procédure inhabituelle, et un moment plus tard, elle montait en flottant et bruissant dans l'obscurité, telle un oiseau de nuit qui voltige parmi les poutres. Il y avait dix étages à gravir : à chacun, son souffle lui manquait, et elle devait s'arrêter et presser ses mains contre son cœur. Puis le poids sur sa poitrine se levait, et elle continuait, vers le haut et vers le haut, le grand bâtiment sombre s'éloignant d'elle, en rangées de portes muettes et de couloirs mystérieux. Enfin, elle atteignit l'étage de Dick et vit la lumière qui brillait dans le couloir depuis sa porte. Elle s'adossa au mur, son souffle court, le silence battant dans ses oreilles. Même maintenant, il n'était pas trop tard pour faire demi-tour. Elle se pencha sur l'escalier, laissant ses yeux plonger dans l'obscurité infernale, avec le seul éclat des lumières du gardien dans ses profondeurs ; puis elle se retourna et se glissa vers la porte de son fils.

Là encore, elle s'arrêta et écouta, essayant de capter, à travers le bourdonnement de ses pulsations, le moindre bruit qui pourrait lui parvenir de l'intérieur. Mais le silence était total - on aurait dit que le bureau devait être vide. Elle pressa son oreille contre la porte, tendant l'oreille pour un son. Elle savait qu'il ne restait pas longtemps à son travail, et il lui semblait inexplicable de ne pas l'entendre bouger autour de la planche à dessin. Pendant un moment, elle pensa qu'il pourrait être endormi ; mais le sommeil ne venait pas facilement après un effort mental prolongé - elle se rappela l'errance agitée de ses pieds au-dessus de sa tête pendant des heures après son retour de son travail nocturne au bureau.

Elle commença à craindre qu'il puisse être malade. Un tremblement nerveux la saisit, et elle posa sa main sur le loquet, murmurant "Dick !"

Son chuchotement résonna bruyamment à travers le silence, mais il n'y eut pas de réponse, et après une pause, elle appela à nouveau. À chaque appel, le silence semblait s'approfondir : il se refermait sur elle, mystérieux et impénétrable. Son cœur battait à petits bonds effrayés : un moment de plus et elle aurait crié. Elle inspira rapidement et tourna la poignée de la porte.

La pièce extérieure, le bureau privé de Dick, avec son tapis rouge et ses fauteuils confortables, se tenait dans une agréable vacuité éclairée par une lampe. La dernière fois qu'elle y était entrée, Darrow et Clémence Verney y étaient présents, et elle s'était assise derrière l'urne à les observer. Elle fit une pause un moment, frappée maintenant par un bruit de défaut venu de l'au-delà ; puis elle glissa silencieusement à travers le tapis, poussa la porte battante et se tint sur le seuil de la salle de travail. Ici, les lampes à gaz formaient un cercle lumineux ombragé au-dessus de la grande table à dessin au milieu du sol. La table et le sol étaient couverts d'une confusion de papiers - des plans bleus et des tracés déchirés, des feuilles de calque froissées arrachées des planches à dessin dans une soudaine fureur de destruction ; et au centre du désordre, les bras étendus sur la table et le visage caché en eux, était assis Dick Peyton.

Il ne semblait pas entendre l'approche de sa mère, et elle resta là à le regarder, sa poitrine se serrant d'une nouvelle peur.

"Dick !" dit-elle, "Dick !" - et il se leva, regardant avec des yeux éblouis. Mais peu à peu, à mesure que son regard s'éclaircissait, une lumière s'y répandait, une luminosité croissante de reconnaissance.

"Tu es venue - tu es venue," dit-il, étendant les mains vers elle ; et tout à coup elle l'avait dans sa poitrine comme dans un abri.

"Tu me voulais ?" murmura-t-elle en le tenant.

Il leva les yeux vers elle, fatigué, essoufflé, avec l'éclat blanc du coureur près du but.

"Je t'avais, chère !" dit-il, souriant étrangement ; et son cœur fit un grand bond de compréhension.

Ses bras avaient glissé de son cou, et elle se tenait là, s'appuyant sur lui, profondément imprégnée de la timidité de sa découverte. Car il était toujours possible qu'il ne souhaite pas qu'elle sache ce qu'elle avait fait pour lui.

Mais il passa son bras autour d'elle, d'une manière enfantine, et la tira vers l'un des sièges durs entre les tables ; et là, sur le sol nu, il s'agenouilla devant elle et cacha son visage dans son giron. Elle resta immobile, sentant la chaleur chère de sa tête contre ses genoux, laissant ses mains errer en de légères caresses à travers ses cheveux.

Aucun des deux ne parla pendant un moment ; puis il releva la tête et la regarda. "Je suppose que tu sais ce qui m'est arrivé", dit-il.

Elle craignait de paraître s'immiscer un poil de plus dans sa vie qu'il n'était prêt à le permettre. Ses yeux se détournèrent de lui vers les dessins éparpillés sur la table.

"Tu as renoncé à la compétition ?" dit-elle.

"Oui, et à bien plus encore." Il se leva, la vague d'émotion refluant, mais le laissant plus proche, dans son calme retrouvé, que dans le choc de leur premier moment.

"Je ne savais pas, au début, à quel point tu avais deviné", continua-t-il tranquillement. "J'étais désolé de t'avoir montré la lettre de Darrow, mais cela ne m'inquiétait pas beaucoup parce que je ne pensais pas que tu pourrais croire possible que je puisse en tirer avantage. Ce n'est que récemment que j'ai compris que tu savais tout." Il la regarda avec un sourire. "Je ne sais pas encore comment j'ai découvert cela, car tu es incroyable à garder les choses pour toi, et tu n'as jamais fait signe. Je le ressentais simplement comme une sorte de proximité, comme si je ne pouvais pas m'éloigner de toi. Oh, il y avait des moments où j'aurais préféré ne pas t'avoir autour de moi, où j'ai essayé de te tourner le dos, de voir les choses du point de vue des autres. Mais tu étais toujours là, tu ne te laissais pas décourager. Et j'en avais assez d'essayer de t'expliquer les choses, d'essayer de te ramener à ma façon de penser. Tu ne voulais pas partir et tu ne voulais pas t'approcher davantage, tu te tenais juste là et tu observais tout ce que je faisais."

Il s'interrompit, faisant l'un de ses tours agités dans la longue pièce. Puis il tira une chaise à côté d'elle, s'y laissa tomber avec un grand soupir.

"Au début, tu sais, je détestais ça horriblement. Je voulais qu'on me laisse tranquille et que je puisse élaborer ma propre théorie des choses. Si tu avais dit un mot, si tu avais essayé de m'influencer, le sort aurait été rompu. Mais justement parce que le toi réel restait à l'écart et ne se mêlait ni ne fouillait, l'autre, le toi dans mon cœur, semblait s'accrocher plus fermement à moi. Je ne sais pas comment te le dire, c'est tout mélangé dans ma tête, mais de vieilles choses que tu avais dites et faites revenaient sans cesse, se faufilaient entre moi et ce que j'essayais d'atteindre, me regardaient sans parler, comme de vieux amis que j'avais abandonnés, jusqu'à ce que je ne puisse tout simplement plus le supporter. Je l'ai repoussé jusqu'à ce soir, mais quand je suis revenu pour finir le travail, te revoilà encore une fois - et soudain, je ne sais comment, tu n'étais plus un obstacle, mais un refuge - et je me suis glissé dans tes bras comme je le faisais quand les choses allaient mal pour moi à l'école."

Ses mains revinrent dans les siennes, et il posa sa tête contre son épaule comme un garçon.

"Je suis un imbécile abominablement faible, tu sais", conclut-il ; "je ne vaux pas la peine du combat que tu as mené pour moi. Mais je veux que tu saches que c'est de ta faute - que si tu avais lâché un instant, j'aurais sombré - et que si j'avais sombré, je ne serais jamais remonté en vie."

END

Also by Cor Charron

La Veuve la plus riche
Si tu peux... Perd
Tu peu le repeter
Un Homme en Plus
L'homme qui s'est perdu
Hors de l'âbime du temps
Un Voyageur Dans Les Terres Spirituelles
Sanctuaire

Also by Edith Wharton

Sanctuaire

www.ingramcontent.com/pod-product-compliance
Lightning Source LLC
Chambersburg PA
CBHW022157150726
47992CB00002B/839